L'AMOUR DE LA LECTURE

Frédéric Ferney

L'AMOUR DE LA LECTURE

Albin Michel

Ouvrage publié sous la direction d'Hélène Monsacré

Pour Jean Baisnée.
Pour Jacqueline Risset.
Pour Jean-Loup Rivière et Ariel Goldenberg.

À vous, mes amis déjà en allés.

Tu aimes trop la littérature, elle te tuera.

George Sand à Gustave Flaubert

Je vous préviens

Suis-je capable d'écrire un livre inutile ? Et si finalement c'était ça, l'enjeu, le défi ?

J'aurais voulu, en puisant dans mon passé moins des événements que des sensations, réconcilier l'excès et la nuance, mais l'excès m'épuise, les nuances me lassent. Le mensonge, qui est une forme de la liberté, me fascine. Quoique d'un âge un peu avancé, je crains de n'avoir rien appris, je chéris mes chimères, j'aime mes bêtises pourvu qu'elles soient intimes ; je ne repousse pas mes illusions – l'erreur inhérente à la connaissance de soi a de ces charmes.

Je ne vais pas vider mon sac… pour des prunes. À quoi sert de se remâcher ? Sans me vanter, je ne sais pas ce que je crois, je ne crois pas trop ce que je sais. Est-ce une raison pour se morfondre ? J'aimerais mieux nommer ici des saveurs oubliées, des allégeances secrètes, des heures perdues. Des paliers d'arômes. De furtives analogies, des préférences coupables, des refus dont le bénéfice est maigre – car leur noblesse n'est qu'en soi.

Je n'ai d'autre ambition, n'ayant que le sot projet de me peindre. À la première personne du singulier. C'est dit ! J'ai l'âme d'un chapardeur : mes plaisirs sont des dauphins amoureux des écueils.

Vous êtes toujours là ?...

Mes remords – j'en ai, pas vous ? – sont devenus une forme douce de possession, un faible avantage qui me donne l'illusion de m'appartenir. Cela s'appelle vieillir, je crois – c'est encore une affaire de *goût*. Je vous promets seulement d'en éviter le chagrin : Flaubert, avec une sincérité froide, avait le génie du chagrin, pas moi, ça ne me suffit pas, le chagrin !

Se souvenir, c'est vivre, aimer, penser une seconde fois – en mieux. Et si lire, c'était se souvenir ? Mais de quoi ? On ne sait jamais ce que le passé nous réserve, disait Sagan, fine mouche. Loin d'être un devoir, la mémoire est un anachronisme, une soustraction de soi, une faculté d'oubli mais aussi un projet – une étrange toupie puisque déjà je romps, je me quitte, je juxtapose. Je suis d'un autre temps, on l'est toujours. D'ailleurs on se ressemble bon gré mal gré : faut-il se trahir, se renier un peu pour rester identique à soi ?

Je n'ai pas la réponse.

Kafka en avait une, splendide : « Je n'ai que très peu de ressemblance avec moi-même. »

UNE INVIOLABLE SOLITUDE

J'écris ceci, sans mentir j'espère, sans me faire illusion, avec plaisir, comme une lettre à un ami.

Stendhal

La possibilité d'un songe

On dit que je suis une nymphomane dévergondée à l'appétit sexuel insatiable, alors que la vérité, c'est que je préfère de loin lire un livre.

Madonna

Lire, aimer. Qu'aimer c'est apprendre à lire. Que lire, Fred Vargas, Lao-Tseu ou la comtesse de Ségur, c'est apprendre à aimer, d'accord. Mais à quelle fin ?

Je ne suis pas un saint. Je lis par goût : c'est une manie dont on ne se défait pas aisément, une addiction, un vice comme l'amour des roses, la fièvre de l'or ou la passion du tabac. Des gens lisent, d'autres préfèrent la zumba, le vélo ou la pêche à la ligne, c'est selon. *Fais ce que voudras* ! en sachant que la fière devise de l'abbaye de Thélème, vantée par Rabelais dans *Gargantua*, loin d'être une invitation à la paresse ou une apologie du loisir, n'est que l'expression d'une exigence laborieuse et passionnée – athlétique non moins qu'utopique.

Car lire, ça ne va pas de soi.

Quoi de plus insolite, quoi de plus mystérieux, si on s'y attarde ? Assis sur un banc ombragé dans un jardin public ou bien au bord de la mer en été, sous un chapeau de paille, quelqu'un lit. Je l'observe en douce. Son visage est clos, un peu songeur ; il respire autrement ; on dirait qu'il s'émancipe. Tantôt il sourit, tantôt il fronce le nez. Est-ce qu'il travaille ? C'est sans effort apparent, tout seul, et s'il ne l'est pas, il est manifestement *séparé*. Il se distingue par une sorte de gravité qui le protège, ponctuée d'un soupir ou d'un raclement de gorge, et par une profondeur que le froissement des pages, feuilletées d'un doigt vigilant qu'il humecte de sa langue – un tic de vieille demoiselle ou d'abbé –, rend palpable. Il est occupé, mais à quoi ? Ni labeur, ni caprice, ni corvée. Rien ne le distrait de sa besogne. Du monde et des actions des hommes il ne perçoit qu'une rumeur. Est-ce qu'il dort ?... Non, il s'est envolé.

Il se fiche de nous.

Son attitude aurait de quoi irriter mais d'emblée il impose le silence, il nous tient en respect. À dire vrai, je l'envie : il semble exempté de ce tout ce qui nous pèse. Il est parti ailleurs, on ne sait où, sans laisser d'adresse, et pourtant il est bien là, tout près, seul au monde, immobile, intouché par ce qui l'environne, indifférent comme un rocher au milieu des vagues. Un migrant en songe. Un réfugié climatique. Un *boat people*. Il m'était étranger, soudain il m'est proche. Si j'étais plus hardi, je serais prêt à lui parler, à l'écouter, à l'accueillir peut-être. S'il n'est pas heureux – mais il semble l'être – du moins me rend-il la solitude enviable.

Lire, c'est quitter son corps et respirer dans le corps d'un autre. Le principal mode d'*évasion* – le seul permis en prison.

« Quand je veux m'imaginer le type parfait d'un de mes lecteurs, écrit Nietzsche dans *Ecce Homo*, j'en fais toujours un monstre de courage et de curiosité, qui possède en outre quelque chose de souple, de rusé, de circonspect, ce qui constitue l'aventurier et l'explorateur né. » Un aventurier ? Théophile Gautier, lui, parle de « cette indolence occupée qui est un des charmes du voyage ». Il y a de cela dans ce que lire me procure : un état d'alerte, l'idée d'un nouveau départ. Suis-je las ? Je m'endors. Suis-je déçu ? Je m'en vais. C'était une chambre vide, je n'en ai pas la clef. Un livre, ça se quitte, non ? En voici un autre là, qui répondra à mon attente. C'est comme si j'allumais une nouvelle cigarette – ah ! non, c'est vrai, j'ai arrêté le tabac, mais j'en conserve l'envie, comme d'un début.

Lire : on efface tout, on recommence.

C'est une école de liberté, de désinvolture. On s'en va vers une destination inconnue. Sans feuille de route, sans parti pris, sans doctrine. J'aime ça : le suspens. Une forme de légèreté, et d'attente, qui n'est pas sans affinités avec l'état amoureux. Si je prends la littérature très au sérieux, je suis « ennemi juré d'obligation, d'assiduité, de constance », comme dirait Montaigne.

Avec cela, je suis timide. Je ne me jette pas, je reste au bord. Si l'eau est bonne, j'entre, je flotte, je me berce ; quand j'aime, j'effleure, je caresse, je ne m'attarde pas, de peur de tout gâcher. « Lire mal et d'un coup d'œil nous libère de la main qui nous conduisait. La superficialité dans l'érudition, voilà la seule façon de bien lire et d'être profond », prétend Bernardo Soares, l'un des hétéronymes de Fernando Pessoa dans *Le Livre de l'intranquillité*.

Peut-être.

Faut-il s'en justifier ? Non. La paresse est une ascèse. Une philosophie, riche de sa généalogie rêvée, et de ses *maîtres* : Diogène, le neveu de Rameau ou Oblomov, le héros du roman d'Ivan Alexandrovitch Gontcharov, rivé à son divan, aussi célèbre en Russie que Faust ou Don Juan. Mais je suis français, futile en pensée, et volontiers grave par jeu ; je me méfie de la profondeur, je crains de perdre pied, j'ai peur de la noyade.

On a beaucoup glosé sur ce que Freud en se raclant la gorge appelle *gleichschwebende Aufmerksamkeit*, la présence silencieuse de l'analyste à l'écoute de son patient (de l'allemand *schwebend*, « flottant, planant, en suspens »). De la même façon, le lecteur oscille entre l'apesanteur et la retombée. Évasif en surface, on est tout ouïe, aux aguets, on ferme les yeux pour mieux écouter ; on hoche la tête et, imitant le fumeur de havanes, on inspire, on expire, on fait des ronds de fumée. Je lis comme une poule boit : en renversant la tête pour faire couler.

Le vide permet d'accueillir le sens – ouvert, indéterminé, accidentel ; il rend possible la traversée, le passage, le *saut*, qui est la condition nécessaire de la poésie, de la création. Lire, c'est s'attacher à la Terre, qui n'est pas si ronde, en regardant le Ciel, qui est un cercle.

J'observe donc cette personne inconnue qui lit, penchée sur son ouvrage : c'est une jeune fille. Car ce sont les filles qui lisent, n'est-ce pas ? et ce sont elles qui écrivent désormais, comme en Angleterre autrefois. Je la scrute, elle s'en aperçoit, me dévisage à son tour ; je détourne le regard, soudain gêné de mon indiscrétion. C'est elle pourtant qui est surprise, en flagrant délit, la main dans le sac. Je devrais avoir honte. Mais pourquoi ? Je suis seulement curieux : qu'est-ce qui la captive ? Qu'est-ce qui lui fait baisser les yeux ?

Un livre, lequel ?

Si je parviens à en déceler le titre ou le nom de l'auteur, aussitôt l'inconnue qui n'était personne me devient *une* personne. Je lui prête une existence d'autant plus réelle qu'elle restera imaginaire, surtout si elle lit un auteur que je connais et que j'ai aimé – ou pas. Reste la question stupide que je me pose depuis toujours : comment un

« petit tas de feuilles sèches » (Sartre) se transforme-t-il en « machine de songes » (Cervantès) ?

Qu'est-ce donc que cela ?

Le corps et le temps

Il y aura des années à vivre
Si nous restons des enfants sages ;
Nous pouvons aussi lire des livres :
Regarde, mon amour, c'est l'orage.

Michel Houellebecq

Georges Perec, l'auteur de *La Vie mode d'emploi*, est un des rares écrivains à s'être étonné devant « ce qui semble tellement aller de soi que nous en avons oublié l'origine ». Oui, ça, ce simulacre, cette parodie de vivre, cette chose qui n'est pas une chose et qui prend la place des choses : la lecture.

On peut lire debout, assis, couché, à genoux, accroupi, perché dans un arbre, en marchant ou en sautant à la corde dans un cirque – j'ai connu jadis en Italie un clown sourd et muet, Roy, qui en avait fait sa spécialité. Plus souvent, on lira dans une bibliothèque, au lit ou aux cabinets – un penchant masculin. On peut préférer, pourquoi pas, un hamac, une balançoire ou un palanquin – rien n'interdit de lire à dos d'éléphant à la faveur d'une chasse au tigre où l'on s'ennuie, si l'on n'est pas sujet au vertige.

Ce n'est pas anodin. C'est de l'éducation physique, quelque chose de nerveux. Le contraire d'une distraction ou d'une passion molle. Et cela invite à la duplicité, en toute innocence, comme l'illustre cette conversation entre un jeune séminariste et un jésuite : « Mon père, quand je prie, puis-je fumer en même temps ? — Ah non ! mon fils, ce ne serait pas convenable ! — Dommage ! — En revanche, quand tu fumes, rien ne t'interdit de prier. — Merci, mon père ! — De rien, mon garçon ! »

La lecture a ses lois mais il n'y a pas de recettes. Montaigne lisait à cheval, Stevenson en haut du phare paternel, juché sur un âne dans les Cévennes ou bien emmaillotté dans son hamac sur une plage des îles Samoa en crachant du sang dans son mouchoir ; Saint-Exupéry préférait l'aéroplane ; Jean d'Ormesson raffolait du ski nautique ; Spinoza s'adonnait au patin à glace, Nietzsche à la randonnée pédestre, etc. On en a le droit : c'est où on veut, quand on veut, comme on veut. On me dit même qu'on peut lire assis devant un écran ! En tous cas, sans être un sport ni un combat, cette subtile opération mentale ne s'oppose pas à une activité musculaire et sensitive. Au contraire, c'est une affaire de *corps* : on ne quitte pas le corps, ce bouclier de l'âme. Et une question de temps.

Le corps et le temps : deux acolytes avec lesquels on ne peut rompre sans un certain désagrément.

Par exemple, on ne lit pas dans le métro, disons sur la ligne 9 entre Nation et République, de la même manière qu'on lit dans une baignoire la nuit, comme Churchill ou Marat ; accroupi dans les latrines sous un cerisier en fleur ou sous une bruine de neige, comme le Japonais Tanizaki ; au couvent, comme cette folle d'Emma Bovary ; dans le grenier, en cachette de son paternel, comme Julien Sorel dans *Le Rouge et le Noir* – avec le sentiment de se prêter à un plaisir non pas honteux mais défendu, et qui lui vaut d'être traité de bon à rien.

À sa façon, Perec fait tomber la lecture du piédestal où la vulgate scolaire l'avait hissée. « Lire, écrit-il dans *Penser/Classer*, ce n'est pas seulement lire un texte, déchiffrer des signes, arpenter des lignes, explorer des pages, traverser un sens ; ce n'est pas seulement la communion abstraite de l'auteur et du lecteur, la noce mystique de l'Idée et de l'Oreille ; c'est, en même temps, le bruit du métro, ou le balancement d'un wagon de chemin de fer, ou la chaleur du soleil sur une plage et les cris des enfants qui jouent un peu plus loin, ou la sensation de l'eau chaude dans la baignoire, ou l'attente du sommeil... » Le corps du lecteur est roi.

Aimer, lire, *sentir* forment une triade intime. Lire, rêver, dormir, aussi.

Alors ? Un souverain remède contre les dégoûts de la vie ? Un antidote au chagrin ?... Dans l'avertissement qui précède son roman intitulé *Volupté*, Sainte-Beuve écrit : « Le véritable objet de ce livre est l'analyse d'un penchant, d'une passion, d'un vice même, et de tout le côté de l'âme que ce vice domine, et auquel il donne le ton ; du côté languissant, oisif, attachant, secret et privé, mystérieux et furtif, rêveur jusqu'à la subtilité, tendre jusqu'à la mollesse, voluptueux enfin. » Chaque mot est pesé : *languissant, oisif, attachant, secret, privé, mystérieux, furtif, rêveur, tendre, voluptueux* – nous y sommes presque.

Mais si on lit ce qu'on veut, où on veut, comme on veut, on ne lit pas n'importe comment. On cède à des préférences, puis on instaure des usages, des protocoles, des lois qui ne sont qu'à soi – des manies. C'est comme si on entrait dans une secte où il serait loisible d'officier en solo. On n'a pas à se justifier de quoi que ce soit.

Chez Proust, la lecture est également conditionnée par ce qui l'environne : l'heure, le lieu, le temps qu'il fait, la couleur du ciel, le séjour, la saison. Tous ces aléas qui affectent son humeur en font une expérience qui coalise la mémoire et les sens. Dans *Du côté de chez Swann*, le narrateur se souvient avec bonheur de ces journées d'été qu'il passait, enfant, dans la fraîcheur de sa chambre ou dans un coin tiède du jardin, grisé de sécession radieuse et d'oubli.

Tout ce qui était dans l'instant étranger à sa lecture, tout ce qui lui semblait être un écueil, un obstacle à son plaisir, devient avec le temps un souvenir précieux qui agit comme un fixateur : le grincement de la pompe dans le jardin, le tic-tac de la pendule du salon, l'ami qui surgit à l'improviste – chut ! – au moment le plus palpitant du livre, le vol effronté d'une guêpe, le rayon de soleil qui l'éblouit et le pousse à changer de place. Ou encore les offres répétées de la bonne, sa chère Félicie : « Vous n'êtes pas bien comme cela, Monsieur Marcel, si je vous approchais une table ?... — Non, merci ! — Ah mais vous allez vous abîmer les yeux à force, allez donc prendre l'air, nom d'un chien ! — Non, merci ! » Elle n'obtiendra de son protégé aux tempes pâles qu'un refus poli mais sec, à la Cyrano.

Tous ces incidents qui lui semblaient importuns, loin de nuire à la volupté de la lecture, la scellent et la sanctifient de leur empreinte. La mémoire, espionne du cœur, fait loi. A-t-on oublié ce jour où quelqu'un, sans être un bibliothécaire ni un lettré – oncle, instituteur, fiancée, amant, voisin, camarade –, versa de l'encre dans notre gobelet ? Non, on en chérit le souvenir, on en conserve la primauté et, sans savoir les nommer, le désir, le goût sur les lèvres, l'euphorie.

Moi, ce fut à l'école communale, au CM1, quand le maître, M. Chapelle, nous lut à haute voix les premières pages de *La Métamorphose* de Kafka :

« Quand Grégoire Samsa se réveilla un beau matin, au sortir de rêves agités, il se retrouva transformé dans son lit en une énorme bestiole immonde. Il était couché sur le dos, qu'il sentait dur comme une carapace [...]. "Qu'est-ce qui m'est encore arrivé ? " pensa-t-il. »

Ça a commencé comme ça.

Quand les chagrins venaient dans les lettres

Ô mon cœur, d'où vient ce battement ?

Rumi

Mais la première des contingences, c'est l'œil ! On lit avec ses yeux. Sauf les aveugles qui lisent avec leurs doigts, comme des gourmands. Sauf « ceux à qui on fait la lecture », comme le rappelle encore Perec : « dans les romans russes, les duchesses avec leurs dames de compagnie, les demoiselles de bonne famille ruinées par la Révolution ; ou bien dans les romans d'Erckmann-Chatrian [que plus personne ne lit], les paysans qui ne savent pas lire, rassemblés le soir à la veillée (grosse table de bois, écuelles, pichets, chats près de la cheminée, chiens près de la porte) autour de l'un d'entre eux lisant la lettre du fils blessé à la guerre, le journal, la Bible ou l'almanach ».

Tout ça, c'était *avant* : avant la télévision, avant l'ère numérique, avant les e-mails et les tweets, avant les *fake news* moscovites, le Covid-19 et les Gilets jaunes, quand les chagrins venaient dans les lettres grâce au facteur, monsieur Ernest, bonjour la compagnie ! qui était bourru parce qu'il était timide et qui roulait si bien les « r », avec son képi d'un bleu délavé, ses moustaches en croc, sa bicyclette dont le grelot tintait comme une promesse dans la brume rose du matin.

N'allons pas croire que c'était *mieux*. C'est un art très français d'embellir le passé et de s'affliger du présent – « Ah ! mon Dieu, comme c'est affreux ce qui nous arrive ! » Non, ce n'était pas mieux avant, c'était juste un autre pays. Les femmes au lavoir, les hommes aux champs (ou à la guerre) et puis au bistrot, le dimanche, à l'heure de la messe, tandis que les mauvais fils préféraient distribuer *L'Huma* à la sauvette en chantant *Bella ciao* à tue-tête devant les paroissiennes effarouchées.

Qui a dit que seuls les poètes avaient droit à la nostalgie ?

Longtemps on a lu à haute voix, pour soi-même ou en congrégation : j'aime, dans *Les Confessions* de saint Augustin, ce passage célèbre où il surprend son maître et ami, le futur évêque saint Ambroise, lisant un livre seul dans son coin, en silence, sans même remuer les lèvres... ça alors ! C'est ça, un précurseur – aurait-il jamais su lire, ce saint homme, s'il n'avait d'abord appris à prier, je me le demande.

Lire, c'est prier dans le désert faute de savoir crier.

Un plaisir solitaire

Oui, je lis. J'ai ce ridicule.

Aragon

Lire n'est pas sans danger.

Aragon s'en vante, toujours tête à claques et enclin à se diffamer pour qu'on l'aime. « Ce vice raffiné et impuni, cette égoïste, sereine et durable ivresse », professe à son tour Valery Larbaud, qu'on ne cite souvent qu'à moitié en omettant de dire que ce penchant poussé à l'extrême relègue tout le reste, « le Vin, [...] la Gloire [...] ; l'Amitié [...] la Mangeaille ; l'Amour [et] la Conscience de la Vertu », à l'étage du dessous.

Est-on prêt à cela ? Il faut oser le dire : lire ne vous rendra ni meilleur, ni plus sage, ni plus heureux. Et cela ne vous donne aucun droit. C'est une passion – un geste sauvage, éperdu, sacrificiel. Ce n'est pas un « devoir », c'est une « infraction », dit Edith Wharton, l'amie de Henry James et de Paul Bourget, qui rêvait de protéger la littérature des ravages provoqués par les sots. Personne ne peut vous y obliger ni, une fois pris, vous en guérir. Comme le verbe *rire* et le verbe *aimer*, le verbe *lire* ne connaît pas l'impératif : on ne force pas plus l'œil que le cœur ou la main. Toute exhortation est inutile, toute menace est vaine – à moins de vivre sous la tutelle d'un ange.

Je lis par fidélité, par une sommation inavouable, héritée sans doute, comme le marrane est juif sous son baptême. Car lire, quoi de plus intime ? C'est l'activité la plus voisine du sommeil, un plaisir solitaire que certains préservent jalousement. « L'amour, c'est trop dire, le plaisir un peu enfoncé dans la chair aide au travail des lettres parce qu'il anéantit les autres plaisirs, par exemple les plaisirs de la société », dit Proust, qui lit comme on entre dans une eau sacrée ; il pousse l'expérience jusqu'à se réfugier dans une pièce où il s'enferme à clef, et il classe la lecture parmi les occupations qui réclament une inviolable solitude : la rêverie, le chagrin, le sexe.

Et vous, comment lisez-vous ?... Pardon ! vous avez raison, ça ne me regarde pas !

D'ailleurs, la solitude requise n'exclut pas qu'on soit deux, l'un près de l'autre. Quoi de plus agréable que de lire de conserve, en compagnie d'une personne aimée ? Le silence s'accroît d'être partagé, il s'arrondit, il devient dur et plein, frais comme un oreiller – il nous absorbe dans son cri.

Le lecteur vit dans un temps séparé, dilaté ; le livre nous éloigne – chacun a le sien, chacun respire dans sa sphère, sa bulle, sa temporalité singulière – et pourtant on ne se quitte pas. Et si soudain celle ou celui qui nous accompagnait abandonne son livre et s'adonne à autre chose, c'est son droit, on croit qu'on s'en fiche mais ce n'est pas vrai, on se ment, on en est contrarié. Ont-ils *mieux* à faire ? Tant pis pour eux.

Lire rend affreusement susceptible.

La rêverie ou l'ennui enchanté

Ceux qui disent communément contre ma profession que ce que j'appelle franchise, simplicité et naïveté en mes mœurs, c'est de l'art et de la finesse [...] me font plus d'honneur qu'ils ne m'en ôtent. Mais certes ils font ma finesse trop fine.

Montaigne

Je refuse obstinément de choisir entre le beau et le vrai, entre l'intelligible et le sensible – j'avais un crâne dur, enclin à s'émouvoir, et un cœur sec, prêt à sévir, mais avec l'âge on devient ici plus raide, et là plus mou. Le jeu moisit. On se lasse de l'esclandre. Les bravades perdent de leur attrait. Je ne suis pas de mauvais poil mais je suis entré dans mon hiver : l'âge dans mes nerfs a fait couler sa glace.

On vit mieux de fantasmes. J'étais aviné de lumière. Après une carrière, parfois brillante, de lion dansant et des facéties médiocres, je suis devenu un ours anachronique – épris des ombres de sa caverne, indifférent à la vogue, englué dans ses réminiscences, presque aveugle aux intrigues et déjà sourd aux rumeurs.

Avant de savoir lire, je me suis beaucoup ennuyé jadis. Je me suis ennuyé comme on s'ennuie au théâtre, surtout quand on l'aime : comme un rat mort ! C'est une forme de paresse, l'ennui : un charme qui vous assiège et qui glace le temps, mais qui vous rend libre, ouvert, disponible. Un pur loisir, une *vacance* dont sont privés nos enfants aujourd'hui. Car, pardon d'insister, il y a une version enchantée de l'ennui : la rêverie.

Ces longues heures vides et solitaires, mais j'ignorais qu'elles le fussent, ont été une expérience préalable – une école, un terreau, une friche. Si je ne m'étais pas tant ennuyé avant d'apprendre à lire, je n'aurais jamais eu l'idée d'écrire. Je me souviens d'une scène ancienne. Nous rendons visite à mon arrière-grand-mère qui habitait un pavillon ouvrier, à Louveciennes. Je joue sous la tonnelle dans le jardin envahi d'herbes folles avec une balle de tennis usagée – blanchâtre, et grumeleuse, comme les crottes de chien sur les trottoirs à l'époque. J'ai sept ou huit ans, je suis seul, je n'en avais pas conscience auparavant. En un instant, tout ce qui à mon insu pesait sur ma vie devient léger. Je lève les yeux. J'observe le ciel, sauvagement bleu, un nuage qui se disloque au vent, mes mains, mes ongles rongés, et, pour la première fois, je suis ce que je suis : moi. Je suis libre.

Ai-je inventé ce souvenir ? Il me revient comme une odeur. On ne se souvient pas d'une odeur, c'est l'odeur même qui rend sensible l'absence et qui convoque le souvenir. De ce ravissement que je n'ose appeler une extase, j'ai retiré une certitude qui ne m'a jamais quitté : le vide appelle l'insouciance, la liberté, le risque. Tout devient bleu si l'on ose.

On ne dévore pas, on est dévoré

Mais l'ange, impérieux, lui montrait et remontrait ce qui était écrit sur sa feuille, et ne fléchissait pas et exigeait encore : Lis.
Alors il lut : si bien que l'ange s'inclina. Et voici qu'il était déjà de ceux qui avaient lu et qui pouvaient, et obéissaient, et accomplissaient.

Rainer Maria Rilke

Certains auteurs, plus on les lit, moins on les comprend, plus on les aime. Par exemple : Rilke. Absurde, non ?

Lire, relire, éperdument. Quand on a besoin d'un adverbe, c'est qu'on n'a pas le bon verbe, disait Jean Genet. Ah bon ?

C'est par une opération obscure qu'un lecteur dilettante – de *diletto*, « plaisir » en italien – devient un sectateur jaloux, obstiné, féroce. Un fanatique. Un djihadiste du *dedans*. On dirait qu'il se brûle les doigts et qu'il adore ça. Aucune chance de le *déradicaliser* ! Il a subi une métamorphose – et comme toute métamorphose, elle a je ne sais quoi d'effrayant.

« Il faut être prêt à prendre de grands risques pour bien lire, écrit George Steiner dans *Langage et silence*. Prêt à sacrifier son moi, le contrôle qu'on a sur lui. Selon Dostoïevski, un rêve caractéristique accompagne les premières manifestations de l'épilepsie : le sujet se sent emporté et libéré de son propre corps ; regardant en arrière, il s'aperçoit, et est alors saisi de terreur panique : un autre est en train de s'emparer de la vieille carcasse et c'est une démarche irréversible. Harcelé par cette peur, l'esprit, à tâtons, cherche le salut dans un réveil brutal. Il devrait en être ainsi quand nous entreprenons la lecture d'une grande œuvre littéraire ou philosophique, imaginaire ou militante. Nous devrions nous laisser dominer totalement, jusqu'à errer, pour un temps, effarés de nous-mêmes, aux frontières du dédoublement partiel. Quiconque a lu *La Métamorphose* de Kafka et peut se regarder dans un miroir sans broncher sait sans doute "lire", au sens technique du terme, mais demeure un analphabète. »

Un autre exemple, extrême – un *cas* –, que l'on trouve chez Maurice Blanchot, *Thomas l'obscur* :

« Thomas demeura à lire dans sa chambre. Il était assis, les mains jointes au-dessus de son front, les pouces appuyés contre la racine des cheveux, si absorbé qu'il ne faisait pas un mouvement lorsqu'on ouvrait la porte. Ceux qui entraient, voyant son livre toujours ouvert aux mêmes pages, pensaient qu'il feignait de lire. Il lisait. Il lisait avec une minutie et une attention insurpassables. Il était, auprès de chaque signe, dans la situation où se trouve le mâle quand la mante religieuse va le dévorer. L'un et l'autre se regardaient. Les mots, issus d'un livre qui prenait une puissance mortelle, exerçaient sur le regard qui les touchait un attrait doux et paisible. [...]

Son plaisir même devint très grand. Il devint si grand, si impitoyable qu'il le subit avec une sorte d'effroi [...], il aperçut toute l'étrangeté qu'il y avait à être observé par un mot comme par un être vivant, et non seulement par un mot, mais par tous les mots qui se trouvaient dans ce mot, par tous ceux qui l'accompagnaient et qui à leur tour contenaient en eux-mêmes d'autres mots, comme une suite d'anges s'ouvrant à l'infini jusqu'à l'œil de l'absolu. D'un texte aussi bien défendu, loin de s'écarter, il mit toute sa force à vouloir se saisir [...], quand déjà les mots s'emparaient de lui et commençaient de le lire. »

Comme une suite d'anges s'ouvrant à l'infini jusqu'à l'œil de l'absolu... Vraiment ? Je crains les hordes sacrées, les anges, les froissements d'ailes, les pentecôtes, les murmures et je me méfie de ce qu'ils annoncent, mais, cela peut arriver, devant certains textes, on devient une proie ; on devient incapable de manger ou de boire ce qu'on lit ; on ne dévore pas, on est dévoré. On est comme un rat… vivant !

Alors on en rit – le rire est le propre du rat.

De la mélancolie du lecteur

Dans ma famille, point d'argent,
mais des livres.

Colette

Voici donc quelqu'un dont la vie s'organise avec méthode autour d'un objet d'encre et de papier – aucune différence, je le redis, entre un lecteur et un soupirant. N'allez surtout pas imaginer que c'est un être exceptionnel : le lecteur est seulement docile à la pente la plus douce de sa durée. Un émigré ? Sans doute. Un aristocrate ? C'est ce qu'il croit.

Ce n'est ni un sage ni un saint : il en est de fous, de vicieux, d'infréquentables. Pas de quoi se vanter : ce n'est le plus souvent, je le redis, qu'un paresseux contrarié. Rien d'un héros. Il ne travaille pas, il rêve, il s'évade, il se fiche de tout : c'est un égoïste. Il en perd jusqu'à l'appétit. À table ! À table, nom d'un chien !... Il n'entend pas. Un amoureux, vous dis-je.

On ne sait pas, lui non plus, s'il s'élève ou s'il tombe.

Notons qu'il est peu coutumier de voir, en famille, un lecteur impénitent repasser le linge, laver la vaisselle ou nettoyer les vitres. Il doit nuit et jour cuver l'encre de son tonneau, cela exige du loisir, du *repos* ! C'est une vocation, comprenez-vous ? Si vous insistez, il vous expliquera que la paresse est une épreuve de vérité, un travail de longue haleine et qu'il ne faut pas confondre un paresseux avec un fainéant (celui qui ne fait rien) ou avec un feignant (celui qui fait semblant).

Avec cela, il y a une *mélancolie* du lecteur, un état de solitude aggravée et de tristesse qui s'accroît avec le temps. Cela naît du sentiment de n'avoir pas tout lu, d'un regret de n'avoir pas rencontré Confucius, dame Sei Shōnagon ou Cicéron, comme Marx (pas Karl, William), et de n'occuper qu'un tabouret dans la foule obscure des vivants. Il y a une déception inhérente à l'amour. C'est cela dont je parle, Proust et Flaubert aussi, je n'invente rien.

Lire rend sourd

Les mêmes pensées poussent quelquefois tout autrement dans un autre que dans leur auteur.

Pascal

Dans leurs représentations de la lecture, les peintres oscillent entre deux postures opposées : d'un côté, un acte de dévotion sacrée, puis profane mais chaste ; de l'autre, une activité louche qui suscite inquiétude ou réprobation. On prête au lecteur averti des désirs malsains, et aux innocentes lectrices une curiosité suspecte. Lire éveille la sensualité – la concupiscence. Vous ne le saviez pas ?

À la vision pieuse de la lecture chez Rembrandt, sage et recueillie chez Chardin, répond *La Liseuse de roman* (1853) du peintre belge Antoine Wiertz : une femme nue, grasse comme une baigneuse de Renoir, la tête renversée, la gorge offerte, les cuisses écartées devant un miroir. Elle lit, en cachette. On ne devrait pas voir ça : c'est obscène.

Les figurations hiératiques de saint Jérôme, les liseuses de bible de la peinture flamande, la demoiselle coiffée de Fragonard, si sage et virginale, ou Baudelaire lisant dans *L'Atelier du peintre* de Courbet sont des liturgies de la lecture. Wiertz, lui, nous invite à une messe noire. Pas de paravent à la perversité, pas d'excuse à la diablerie de la lecture. Ce qui est défendu, et proprement scandaleux, ce n'est pas ce qu'on lit, c'est l'acte même de lire. Par parenthèse, aux XVIIIe et XIXe siècles, les deux maux dont il faut guérir la jeunesse, ce sont la masturbation, pour les garçons, et la lecture de romans, pour les jeunes filles. Deux activités, il faut le dire, qui ne sont pas incompatibles et qui prédisposent à l'amour. Pour cela, il suffit d'un sexe et d'une main – une « main amie », disait Cendrars qui n'en avait qu'une.

Emma Bovary aurait-elle été plus heureuse, et une meilleure épouse, si elle s'était abstenue de lire des « mauvais romans » ?

« Ce n'étaient qu'amours, amants, amantes, dames persécutées s'évanouissant dans des pavillons solitaires, postillons qu'on tue à tous les relais, chevaux qu'on crève à toutes les pages, forêts sombres, troubles du cœur, serments, sanglots, larmes et baisers, nacelles au clair de lune, rossignols dans les bosquets, messieurs braves comme des lions, doux comme des agneaux, vertueux comme on ne l'est pas, toujours bien mis, et qui pleurent comme des urnes. »

Et après ? Quand Flaubert condamne son héroïne pour ses penchants littéraires, qui seraient selon lui la cause de son aliénation, ses arguments sont spécieux ; il est d'une parfaite mauvaise foi, car Emma lit aussi Chateaubriand, Balzac ou Victor Hugo – sauf qu'elle les lit mal ! Le « vieux Flau », comme l'appelait ses amis, est aussi prompt à s'exalter, aussi sentimental qu'Emma, et il a presque les mêmes goûts qu'elle, mais lui, il s'en défend, il résiste. D'où son acharnement. Cioran est plus honnête : « J'aime lire comme lit une concierge. »

Non, mesdames, lire ne vous rendra pas criminelles !

Autre image emblématique : *Matinée ensoleillée*, le tableau du peintre hongrois post-impressionniste Károly Ferenczy (Magyar Nemzeti Galéria, Budapest). Une table dans un jardin : nappe blanche, corbeille de fruits, pichet bleu. C'est l'été. Un homme en chapeau de paille, de dos, lit un livre, mollement accoudé à la table sous le feuillage. Avec sa fine moustache, il ressemble à Joyce ou Thomas Mann. À côté de lui, une femme, son épouse ou sa sœur, rêve, s'ennuie, boude, on ne sait. « Que lis-tu, mon chéri ? » Elle est un peu jalouse de ce compagnon qui se soucie d'elle comme d'une guigne. Il fait : « Chut ! » Elle pense : « Mufle ! » Il ne l'entend pas. Car ce n'est pas la masturbation, c'est la lecture qui rend sourd.

« Que lis-tu, mon chéri ? », c'est la question que sa mère posait chaque jour au petit Marcel Proust, puis elle est morte, alors il se mit à écrire – jusqu'à ce que mort s'ensuive.

Une activité physique donc. Une expérience intime, un risque, quoi d'autre ?

« Les livres ont été mes oiseaux »

Faute d'aimer, lis-moi.

Ovide

Un acte !

« Car l'objet littéraire est une étrange toupie, qui n'existe qu'en mouvement. Pour la faire surgir, il faut un acte concret qui s'appelle la lecture », dit Sartre. Et il s'interroge : qui est cet *autre* que je suis en lisant ? Lire, c'est s'arracher à soi, c'est faire l'apprentissage de l'autre. Aimer, c'est pareil. Sartre le dit à sa manière dans son livre le plus joyeux, *Les Mots*.

« Les souvenirs touffus et la douce déraison des enfances paysannes, en vain les chercherais-je en moi. Je n'ai jamais gratté la terre ni quêté des nids, je n'ai pas herborisé ni lancé des pierres aux oiseaux. Mais les livres ont été mes oiseaux et mes nids, mes bêtes domestiques, mon étable et ma campagne ; la bibliothèque, c'était le monde pris dans un miroir. »

Un acte, c'est-à-dire qu'après, ce n'est pas comme avant. Dans l'acte de lire, rien ne sépare le passé, qui n'est plus, et l'avenir, qui n'est pas encore ; il n'y a que le présent, seul le présent existe, c'est-à-dire une ombre fugitive puisque déjà je me quitte, je deviens un autre. Et cela, sans effort, sans le vouloir, sans même y penser, comme quand on marche dans la rue, le nez en l'air, sans savoir où le vent nous pousse. « On ne sait où l'on va, mais l'on se sent marcher avec volupté », note Stendhal. Ah ! Stendhal – un délicat, avec les mollets de John Bull !

Rien n'a lieu sinon que tout est là, subitement, dans l'encre qui fond sous nos doigts comme de la neige ; rien sinon l'illusion brève que la page est un miroir où l'on devient ce que l'on veut, ce qui nous chante, ce qui nous hante : araignée du soir, sorcier, fleuve, mendiant, *serial killer*, mousquetaire, amant comblé ou détective, s'il nous plaît, car tout est permis, tout est possible, tout est vrai. Le réel, la vérité, le songe coïncident. C'est inespéré car le réel, c'est toujours « ce qui cloche », disait Lacan. Eh bien voilà, ça ne cloche plus. On respire à pleins poumons le réel, on savoure le symbolique, on s'abreuve d'imaginaire, en même temps ! On se baigne dans l'*imaginal*... Vous ne me croyez pas ? Vous avez tort. Vous souriez ? Vous avez raison.

« Dans cette joute avec l'esprit vivant des morts que nous appelons la lecture, écrit encore Steiner dans *Langage et silence*, notre rôle n'a rien de passif. Chaque fois qu'elle dépasse la rêverie, ou cet appétit sans conviction, fils de l'ennui, la lecture est une forme d'action. Nous mobilisons la voix, l'être entier de l'œuvre. [...] Nous la laissons pénétrer en nous, non sans réticences d'ailleurs. Le grand poème, le roman classique s'imposent à nous, prennent d'assaut et occupent les places fortes de notre conscience. Ils maltraitent d'étranges façons notre imagination et nos désirs, nos ambitions et nos rêves les plus secrets. Ceux qui brûlent les livres savent bien ce qu'ils font, car l'artiste détient un pouvoir incontrôlable : depuis Van Gogh, aucun œil occidental n'a contemplé un cyprès sans y distinguer la naissance d'une flamme. [...] Peut-on plonger dans *Anna Karénine* ou dans Proust sans tirer au jour un nouvel élément de faiblesse de sa vie amoureuse ? »

Pour certains, la lecture deviendra, plus qu'un acte de piété, une sécession, un grand écart, une salutaire hérésie : Montaigne, Proust, Mallarmé. Blanchot évidemment, le plus *perché*. Ce sont des mystiques du Livre. Qu'est-ce qu'un mystique ? Celui qui voit la vérité – c'est-à-dire ce qui est caché – jusqu'à l'effacement de soi. À la faveur de ce face-à-face, ce bienheureux n'est plus séparé du réel ni par le langage, qui devient poésie et silence, ni par le manque, qui devient extase et plénitude, ni par le temps, qui s'étire sans fin, sans bords. Tout est nuit et lumière dans sa vision. Quelque chose advient qui le submerge et l'anéantit.

Le poète et critique anglais Samuel Coleridge en a décrit le ressort nécessaire : « une suspension volontaire de l'incrédulité » *(« a willing suspension of disbelief »)* sans quoi la magie cesse, rien ne se passe. Ça mord, ou pas – l'Américaine Mary Higgins Clark, solide conteuse, et qui excelle à mener le lecteur par le bout du nez, parle d'un « hameçon ». Pour accéder à cet état, il n'est pas nécessaire d'appartenir à une confrérie ou d'être initié, cela n'exclut personne. Il n'est pas même nécessaire de croire, l'*expérience* suffit.

En ce sens, le mystique est un lecteur suprême. Un schismatique en herbe. Car son chemin est singulier et solitaire, il s'écarte de toute religion officielle. Rien d'autre n'est écrit que ce qu'il lit. Peut-être alors la lecture devient-elle la forme la plus pure, la plus rare, de l'athéisme, quand il se mue en quiétisme – une attente passionnée et vide, sans objet défini, et parfaitement désintéressée.

Ce que Stendhal nomme l'« inespéré ».

La littérature est une douane de mer

La lecture nous donne des amis inconnus,
et quel ami qu'un lecteur !

Balzac

On apprend tout dans les livres, sauf à mentir. Le ciel n'est qu'écran. S'il n'y a rien de plus haut que la musique, la littérature est *ma* musique. Et lire est affaire de mémoire.

Mais encore ?

Ni un devoir ni une vertu. N'est-ce pas plutôt un don – une *faculté* ? Car le souvenir, insubordonné et défaillant par essence, échappe à toute injonction morale. Ce n'est pas non plus une affaire de volonté. La mémoire est une forme de redevance : lire ou écrire permet de s'en acquitter. Autrement dit, la littérature est un guichet, un gué, une douane de mer – c'est là que ça se passe !

Sinon, sans frontière, sans pont, comment imaginer sa vie ?

Alors oui, un acte, mais aussi et d'abord un plaisir.

Je suis un lecteur. Je lis un livre. Que va-t-il m'arriver ?

Premier cas. Le livre me plaît. Un chef-d'œuvre, un opuscule, un feu de paille, qu'importe. Je l'adopte. Tout est clair, tout va bien : je l'aime, je l'admire, ce livre, je le prêterai à un ami, cela va de soi.

« Texte de plaisir : celui qui contente, emplit, donne de l'euphorie ; celui qui vient de la culture, ne rompt pas avec elle, est lié à une pratique confortable de la lecture. »

Ce que Roland Barthes appelle : « le plaisir du texte ».

Deuxième cas. Le livre me déplaît. Si je ne l'abandonne pas aussitôt, je veux savoir pourquoi. D'où vient mon embarras, mon impatience, mon refus ? Je peux avoir avec l'auteur un désaccord intellectuel : ce n'est pas grave, il suffit de le déceler, puis de l'admettre.

Je peux aussi ressentir avec lui un désaccord de sensibilité : c'est plus délicat ; il me sera difficile non pas de le détecter, car c'est immédiat, mais de l'exprimer. Si l'auteur était devant moi, ce serait comme lui dire : « Monsieur, je n'aime pas votre voix », ou bien : « Madame, excusez-moi, votre odeur me dérange » ! C'est pourquoi la vie littéraire se limite le plus souvent à de petits assassinats entre amis, comme dit Quignard. Élucider ce qui s'apparente à un dégoût est inutile. Se justifier est vain.

Troisième cas. Le livre me tombe des mains. Rien à dire. Je suis sans voix. On n'aurait jamais dû se rencontrer. Est-ce ma faute ?

Quatrième cas, oh là là !... Le livre me ravit et me glace en même temps. On croise ainsi de temps en temps un auteur qui vous met la tête à l'envers, sens dessus dessous. (Je ne donne pas d'exemples, chacun a les siens.) On est en danger. On ne sait pas trop si on est anéanti ou subjugué. Va-t-on en rire ou vomir ? On panique. Cela peut devenir passionnant, si on en a la force, le courage. Car il faudra – mais le faut-il ? – vaincre sa répugnance.

« Texte de jouissance, dit encore Roland Barthes : celui qui met en état de perte, [...] fait vaciller les assises historiques, culturelles, psychologiques, du lecteur, la consistance de ses goûts, de ses valeurs et de ses souvenirs, met en crise son rapport au langage. »

Masochisme ? Le ciel est noir, l'eau est grise. On avance à contrecœur parmi des étrons, on frôle des poissons morts, on nage dans l'ordure. Avec cela, on se culpabilise, on a peur de passer pour un imbécile si on renâcle. On patauge. Jusqu'à quand ? Pour aller où, s'il vous plaît ?

D'où s'ensuit une autre question : qui est là ? Qui est l'auteur ? Que me veut-il ? Et si c'était un scélérat ? Un salaud. Un sale type. Quelqu'un qui s'acharne, quoi qu'il m'en coûte, à nommer l'innommable, qui se complaît à m'égarer aux confins de mes petites lueurs et qui m'emmène de force là où je n'ai pas envie d'aller.

On apprend qu'on a un cancer, on a un accident de la route, on est viré de son boulot – c'est ça, le réel, nous dit Lacan, c'est « quand on se cogne ». Aussi tout auteur qui me dit : « Ceci est réel et je te le montre ! » est un imposteur ou un escroc. Ce n'est pas vrai. Soit il souffre, mais ça ne me suffit pas, soit il ment, et il se paye ma tête. Je refuse de me soumettre à sa loi, qu'il aille au diable ! Après tout je me moque de ce qu'on pensera de moi. Je ne vais pas m'agenouiller devant un mur, fût-il sacré.

Car enfin pourquoi se rendre ?

Faut-il s'accointer au pire comme à un devoir et en essuyer la pesanteur, la disgrâce ou la poisse comme une nécessité ? Consentir au crachat ? Se complaire dans les remugles de l'ennemi ? Adorer le néant prétendument rédimé par un style ? Dois-je me prosterner devant tout Genet ou tout Céline ? (Ça y est, c'est dit !) Non merci ! Je rue, je *récalcitre*, j'en ai le droit, bon Dieu !

Au vrai, je ne puis que faiblement répondre à ces mirages où je refuse de marcher et à ces tentations néfastes. Avec de plates certitudes : en poésie, Villon pleure, La Fontaine cause, Victor Hugo médite, Racine parle – ô, comme il parle ! –, Nerval rêve, Rimbaud parle en rêvant, Baudelaire se maudit, Proust pense. Les autres ne savent que chanter. Pourquoi s'en contenter ?

« Ne plus prier, bénir », hurle Nietzsche, enragé, hagard, à la fin. La solitude infinie de cet homme à qui personne ne répond…

Les *miens* s'efforcent d'aimer et d'être aimés. Ils sont comme des dieux. Ils ne conçoivent pas la vérité sans la bonté. Aimer, admirer, quoi d'autre ? Vous n'êtes pas d'accord ? Le poète lâche des lièvres. Ils détalent hors de leur gîte et remuent leurs oreilles en profanant l'herbe haute ; ils hésitent entre le sombre dessein des forêts et le crayon acharné du chasseur. Ils ne font que prédire ce qu'on veut croire et ce qui sera – ce qui fait de chaque écrivain un prophète (ou un imbécile) qui passe sa vie à ramasser des cailloux au bord du chemin en croyant leur donner des ailes.

Comique, non ? Un écrivain réveille des fantômes ; il s'escrime contre l'oubli ; il relève des épaves d'or arrachées à la nuit, des idoles au nez cassé, des sphinx ensevelis sous la mer ou sous un amas de ronces, des ancêtres, des fiancées froides, des villes brûlées, des mères, des reines mortes, des rois déchus, ruisselants de vase et d'écume, mutilés et sublimes. Et dire qu'il n'a pas quitté sa chambre, le bougre ! « Ulysse sans autre Ithaque qu'intérieure »… Car il n'invente rien. Il répète. Il revit, éperdument. Il *ressuscite*, comme dirait Michon.

J'appelle ça : la violence de l'amour.

UNE VIE DE CHIEN

Parfums et fumées

Grand Dieu ! Pourquoi suis-je moi ?

Stendhal

Un chien qui renifle le trottoir est tout entier envahi par des relents ineffables, des parfums. Comme j'envie son odorat, sa liberté, son frais museau ! Il traque les indices d'une absence : les restes d'un repas, les laissées fumantes d'un congénère indélicat, un os à ronger. Il enquête, il se leurre, il s'égare ; s'il ne s'interdit rien, il ne se permet pas tout ; il est content de n'être que soi, ce petit Montaigne, et, de tous ses crocs, il est zen, attentif, nonchalant de sa destinée. Il accomplit son devoir – son devoir de vacances ; il flâne, il dodeline entre chien (qu'il est) et loup (qu'il n'est plus), il a encore un pied dans la sauvagerie et dans le mystère, et il pisse où bon lui semble.

Du tact! Un peu de tout, beaucoup de rien, peu importe le résultat. Il a mille façons de dire bonjour – les chats, eux, ne disent jamais bonjour. Ne sachant ni pardonner ni promettre, il s'accorde des préférences, des haltes soudaines, des dédains; il prend son temps. *No rush !* Ce n'est pas lui qui gémirait « *That time ! O times !* », comme une reine déchue de Shakespeare...

Ne pas céder à l'emphase du temps, au vertige. Pas la peine, surtout pas la *peine* ! La nostalgie, cet enfoncement dans le *plus jamais*, la barbe ! Pas de meilleur début que l'heure où il s'éveille. Ni devin ni vassal, dandy d'autre façon, il se croit immortel, le drôle, et il profite éperdument de l'occasion, de l'aubaine.

La seule question qui le fait frémir de bonheur, ce n'est pas *pourquoi ?*, mais *quoi ?*... c'est-à-dire *quoi d'autre ?* Il se contente d'exister. Sans fil à la patte, sans frein, sans obédience. Sa seule divinité, c'est le monde. Dès lors tout s'émeut, tout conspire en sa faveur, tout devient propice. Je ne suis pas ce chien : je n'ai pas son flair, hélas, mais j'admire son ardeur à connaître, et que sa joie soit une méthode, fût-elle soudaine, risquée, empirique.

Si l'on osait, on se placerait, oh ! modestement, sous l'ombrage de sir Francis Bacon (1561-1626), hardi contempteur des « idoles de l'esprit » et des théories farfelues qui de tous temps nous assaillent. Il mourut de curiosité. Un peu comme Pline l'Ancien, nous dit-il, asphyxié par les gaz du volcan qui dévasta Pompéi, ayant désiré tout connaître.

Un apprenti sorcier ? Outre qu'on lui prêta, par je ne sais quelles élucubrations, la paternité des pièces de Shakespeare, cet Élisabéthain, qui fut chancelier du royaume d'Angleterre avant de tomber en disgrâce, acquit son renom autant par ses écrits que par son élégance dans l'adversité : « Je détournerai mon regard, ce sera désormais ma seule négation. » Belle devise, n'est-ce pas ? De tout ce que sa mémoire élude la connaissance intime lui demeure.

À cela qui paraît sage s'oppose une humeur de Roland Barthes en préliminaire à ses *Mythologies* : « Je réclame de vivre pleinement la contradiction de mon temps, qui peut faire d'un sarcasme la condition de la vérité. » Car la vérité, aïe ! ça fait un peu mal, c'est même à ça qu'on la reconnaît ! Le risque qu'on encourt alors, invinciblement, c'est de blâmer l'autre du mal qu'on lui fait – qu'on *se* fait. De quel droit ? « Tu me mords faute de m'embrasser », me disait quelqu'un.

Au risque de sombrer dans le ridicule – mais c'est une chose superbe, le *ridicule*, à notre époque, se récriait Sagan ! –, j'oscille intérieurement entre deux postures, deux discours : l'un amoureux, l'autre acerbe. Je suis sans arrêt tiraillé.

Je persiste pourtant, j'enrage, puis je me radoucis, je m'amende, je m'édulcore. Faute de savoir méditer, je cogite, j'ergote, je rumine, je stagne, comme si chaque idée qui me vient était aussi la promesse d'une autre qui la contredit et qui déjà me charme. Par une étrange corruption de l'esprit voltairien que je déplore, français par la grammaire et le lexique, je suis prompt à ricaner. Avec cela, je suis un peu cuistre, faute de mieux, et, on le voit, je ne cesse de digresser. Je marie allègrement la forme et l'idée, la rose et le poinçon, le concept et ses contours, j'en respire parfums et fumées, je m'y oblige, et comme ce que j'écris, à ce que j'en discerne, est confidentiel, finalement je le revendique. Une chimère : comme si un oursin figurait dans mon blason intime, sachant que la pulpe convoitée est douce sous les piquants.

Je ne vous fais pas peur au moins ?...

Sous certains aveux il y a en moi un ténor poussif qui parle à ma place, un lyrique qui croit qu'il me ressemble. Et dans mes engouements subits un petit barde pensif qui s'admire moins qu'il n'exhausse ce qu'il touche. Je n'en méconnais pas le péril : à force de s'épier en jouant au plus fin s'insinuent en soi une fausse humilité, une gloriole, aboutissant à l'inepte conviction qu'on est au-dessus des autres. On excelle étant écrivain à tirer parti de ses moindres défauts, de ses vices.

Avec ou contre Platon, avec ou contre Hafez de Chiraz, le divin alambic de l'âme persane, mais pas sans eux, s'il s'agit de *comprendre*. Pourtant je n'ai que faire de revivre ! Je ne veux pas tant apprendre que recommencer. L'ascèse me tente, me tente seulement. Tout, tout de suite, et que ce soit entier – draconien, chatouilleux dans ses exigences, mais plus douillet qu'une huître !

Est-ce notre époque qui veut cela ? On refuse d'espérer, on ne sait qu'obtenir – ou pas. C'est aujourd'hui une affaire de clic et d'écran. Le temps du désir s'abrège. Et si les années aggravaient notre impatience au lieu de nous assagir ?...

Aujourd'hui, un merle est mon ami, je regarde plus souvent le ciel que les gens – je n'en reviens pas d'écrire une chose pareille ! Moi qui ai aimé le sommeil comme un alcool, je dors peu mais souvent ; j'apprends à me ressouvenir, à m'égarer dans ce profond jadis, dont les écueils se dérobent ou réaffleurent, sans trop m'attarder chemin faisant sur les humbles, les très insignifiants secrets d'une vie par ailleurs sans mystère.

Ne laisser que des traces – pas de preuves ! N'ai-je pas longtemps rêvé d'un renom discret qui m'eût protégé dans la mort des secousses et des malentendus ? Dès lors, je m'absente. Je m'écarte. Je m'embusque, je me terre, je me carapate. « Plus je vieillis, plus j'ai d'avenir », disait Léon Bloy en saupoudrant sa grosse moustache de poudre d'or ! Je m'aperçois que depuis peu, l'idée de ma propre mort ne me paraît pas entièrement inacceptable – cesser de *devenir*, ouf ! échapper au devoir d'exister, attendre, dormir...

Ainsi la nuit le jour, j'opine, je vaque, je me rêve artiste et vandale, laconique et glacé. Avec le temps je suis devenu un pilleur de tombes, un renard qui ressort du poulailler avec des plumes à la gueule ! « Quand la mémoire va chercher du bois mort, elle rapporte le fagot qui lui plaît », disait le poète et conteur sénégalais Birago Diop, vétérinaire de son état, que j'ai connu à Dakar jadis. Il écrivait en français mais sa mémoire était ouolof – et sénégalaise.

Bref, c'est en perdant la mémoire qu'on commence à se souvenir. C'est en écrivant qu'on devient *écriveron*... ou écrevisse ! Des yeux qui sortent de la tête, une carapace, des pinces. On s'arme, on s'endurcit, on croit qu'on s'élucide. D'une « vue moins blessée de passion », comme dirait Montaigne. Est-ce le ressac amer d'un orgueil blessé qui nous inspire et qui nous oblige ? N'est-on pas forcément dupe de ses renoncements ? Quoi de plus comique !... ha ! c'est comme si le marcheur devenait à reculons le chemin.

Le grand sommeil

Un livre doit être la hache qui brise la mer gelée en nous.

Kafka

Les contes de fées qu'on m'a lus à haute voix dans mon enfance à l'heure du coucher ne m'ont laissé qu'une faible trace, hormis *Hansel et Gretel* des frères Grimm, dont l'effroi se prolonge obscurément. Que le cardinal Pacelli, nonce apostolique en Bavière et futur Pie XII, ait appelé Hansel et Gretel ses deux canaris du temps où il négociait un concordat entre Rome et Berlin avec Franz von Papen, l'émissaire du Reich, c'est un indice – burlesque –, non ? Mais le charme ne se brise pas, l'onde néfaste persiste. C'est si suave, l'allemand – du *ça* qui bruisse, de l'inconscient qui murmure, là où en anglais tout s'efface, tout recommence.

Dans ma génération – je suis né au mitan du siècle dernier –, si on a échappé à Harry Potter, on a eu droit à *Oliver Twist* de Dickens, *Huckleberry Finn* de Mark Twain ou *Sans famille* d'Hector Malot. Le premier voyagiste, avant *Star Wars*, c'était Jules Verne ! Les lit-on encore ? Moins sans doute aujourd'hui où l'on s'oblige à récrire les romans d'Enid Blyton et d'Agatha Christie afin d'en gommer les sous-entendus racistes et sexistes. Un peu comme les *braghettoni* de la Renaissance tardive s'acharnaient à cacher les parties honteuses des nus de Michel-Ange.

Je professe à l'endroit des histoires d'orphelins, des sortilèges et des sévices, un respect convenable, mais le prestige dont ils s'environnent me paraît outré. Les châtiments corporels qu'on inflige aux petites filles quand elles ne sont pas sages, par exemple dans les romans de la comtesse de Ségur, née Rostopchine, ne m'ont pas fait rêver. Je ne suis pas hostile au fantastique, mais les vilaines fées et les ogres mangeurs d'enfants, grrr ! ne m'ont jamais empêché de dormir. L'*abracadabrantesque* – le mot, réhabilité par Chirac, est je crois de Rimbaud – me fait bâiller.

Ce qu'on a perdu à jamais en France dès la fin du Moyen Âge, c'est le merveilleux, la féerie. Les Anglais ont Prospero, un magicien, on a Descartes, un raisonneur. Ils ont Tristram Shandy, un farceur, on a Jacques le fataliste, un philosophe. Ils ont le voyage d'Alice, nous avons les malheurs de Sophie. On peut ignorer Freud quand on a

Humpty Dumpty, un œuf qui parle comme un Viennois, dans son viatique.

Il nous reste au choix Sade ou l'Oulipo : jouir, en parler ; parler, en jouir – puisque tout est langage.

S'il faut choisir, plutôt qu'un Celte, et un chevaucheur de nuées, je demeure un Latin. Je m'exerce, ça m'amuse, à parler une langue morte ! J'adore obscurément la clarté, la saine raison ; je me méfie des mauvais anges et des murmures, je crains de m'éloigner de mon bord et de m'engouffrer. Le comte Dracula avec son cortège de vampires et son sang bleu ne me dit rien qui vaille. Que la fée de *La Belle au bois dormant* se change en sorcière puis en dragon, ça me plaît infiniment mais je n'y ai jamais cru ! Je ne sais trop si je suis docile ou réfractaire, mais mon penchant à l'ivresse n'est pas soif d'infini.

J'ai fait l'apprentissage du romanesque vers onze ou douze ans avec les albums de *Tintin* d'Hergé, les aventures de Bob Morane et *Le Robinson suisse* de Johann David Wyss – une version pieuse et calviniste du *Robinson Crusoé* de Daniel Defoe que je n'ai découvert que plus tard. Longtemps je n'ai lu et relu que *ça*, sans me lasser, dans une euphorie solitaire, un peu hébétée, machinale. Un cavalier seul béat – j'ignorais que cette passion puisse se partager.

Il se noue à l'adolescence entre certains livres et nous une allégeance secrète, un pacte qu'on ne peut rompre et qu'on n'oublie pas, comme une odeur.

Encore aujourd'hui, je considère *Tintin au Tibet* comme un pic indépassable – le rêve prémonitoire de Tintin, le crash du DC-3 dans l'Himalaya, le sauvetage miraculeux de Tchang, la lévitation du moine Foudre Bénie, le rodéo du capitaine Haddock chevauchant une vache sacrée dans les rues de Katmandou et la tristesse pudique du yéti dans la scène d'adieu n'ont rien perdu de leur relief.

Plusieurs années après, un voyage au Népal – un trekking dans la vallée de Langtang, qui m'a conduit depuis Rome, où j'enseignais alors, jusqu'aux rives des lacs sacrés de Gosainkund à la frontière chinoise – m'a permis d'admirer le souci de précision documentaire d'Hergé, jusque dans la légende du yéti, le « Migou », qui suscite la terreur immémoriale des sherpas.

J'ai aimé les personnages d'Hergé comme on peut aimer ceux de Balzac : ce fut ma *Comédie humaine*. Encore aujourd'hui, Nestor le majordome, Séraphin Lampion ou la Castafiore me semblent plus réels que le président Macron.

Dans l'album intitulé *Coke en stock*, le jeune Abdallah, fils d'un émir, inspiré d'une photo de Fayçal II d'Irak enfant, campe dans le château de Moulinsart et y sème la zizanie. Quand le colonel Kadhafi, au temps de sa splendeur et de ses caprices, fut invité à Paris en décembre 2007, il exigea qu'on dresse une tente bédouine sur la pelouse de l'hôtel de Marigny. Le journal *Le Monde* titra le lendemain : « Le petit Abdallah campe à Moulinsart » ! Comme si Tintin s'incrustait dans l'inventaire intime de nos mythologies.

Quant à Wyss, un pasteur bernois, je n'ai pas osé le relire de crainte de rapetisser le souvenir d'un îlot merveilleux en maigre utopie. Aujourd'hui, malgré moi, *Vendredi ou les limbes du Pacifique*, le roman solaire de Michel Tournier également inspiré par Defoe, lui superpose un hédonisme *new age* – aux antipodes des vertus d'un roman familial. Les réminiscences d'un spectacle d'Antoine Vitez, *Vendredi ou la vie sauvage*, en 1973, en accroissent la saveur de genèse. Dans mon souvenir la sauvagerie vaincue s'estompe en lumineuses parcelles.

Après cela, il y eut Homère, dans une édition illustrée : la guerre de Troie et les voyages d'Ulysse – moins la mer, le vent, les batailles, les îles, les monstres, les nymphes, les fées, les belles étrangères, la fidélité d'un vieux chien, que la possibilité d'un songe. J'étais amoureux de Cassandre, j'en voulais un peu à Ulysse de s'être trompé de camp, moi j'étais du côté des Troyens – tout ce fourbi pour apaiser la colère d'un mari jaloux !

Il faut dire qu'à l'époque, je n'aimais pas trop les *cowboys*, je préférais les Indiens – les plumes d'aigle, les chevelures, les torses peints, les signaux de fumée, les flèches, les bisons, les calumets, les tipis. J'ai été un *papoose* et j'ai mangé du chien bouilli, je le jure, dans une autre vie ! L'Histoire, c'était *La Prisonnière du désert* de John Ford :

les couettes de Natalie Wood grimée en squaw plutôt que la moustache de Vercingétorix, le cigare de Churchill ou le feutre de Jean Moulin.

Je ne sais si Homère est le premier à prêter une parole et une noblesse aux vaincus, mais je sus d'emblée que Priam était un bon roi, Agamemnon un sale type, Hélène une idiote – et Aphrodite, une emmerdeuse. Je le crois toujours. La mort d'Hector devant les remparts de Troie reste un traumatisme dont l'effroi ne m'a pas quitté. Je n'admire pas Achille, ni le général Custer – la déculottée de Little Bighorn, la *victoire* de Greasy Grass en langue sioux, c'est bien fait !

Ma philosophie de l'Histoire, c'est celle de Jack Crabb dans *Little Big Man* – un *Lacombe Lucien* sans les exactions de la Milice et sans les crimes de Pétain. Je pourrais m'arrêter là, ça me résume. C'est bête, mais je n'aime pas trop l'idée de vaincre. Je sais bien que la cruauté et la civilisation, ça se touche, mais cette promiscuité me dégoûte.

Je n'ai pas sauté à l'élastique dans le Vercors, ni fait la cour à des murènes, mais j'ai longuement voyagé en Amérique : j'ai appris à conduire une motocyclette en fermant les yeux sur les *highways* des Grandes Plaines ; j'ai mâché des champignons, on m'a fait boire des philtres, j'ai fumé de l'herbe ; j'ai tâté du ski *extrême* à Jackson Hole, un patelin du Wyoming dans le massif du Grand Teton. Notre guide, un Arapaho jovial, paralysé du bras gauche, franc buveur au demeurant, ne portait pas de gants afin que nul n'ignore sa devise, tatouée au dos de la main droite : *Do or die!* En français : « Marche ou crève ! » Je me souviens encore du nom de l'hôtel, Snake River Lodge, d'un apéro partagé avec une Hollandaise nue dans un tub au soleil couchant et de la visite inopinée d'un ours. Et aussi de la neige à cette latitude, plus sèche que dans les Alpes – grise, farineuse et bleutée.

En Amérique, ce qui persiste de la culture amérindienne – quel mot ! – dans la géographie, sa mémorable empreinte dans les noms de lieux, suscite un effet de palimpseste, et une invincible étrangeté à l'oreille du voyageur, un peu comme si les villes fondées par les Romains en Europe portaient des noms celtes ou gaulois, comme si les hordes vaincues avaient gagné la bataille de l'imaginaire.

En pure perte.

Ce sont les pots cassés de la conquête qu'on sanctifie et qu'on protège comme des reliques. À l'opposé de ce folklore un peu kitsch et criard qui s'expose en Amérique du Nord jusque sur les *billboards*, les enseignes publicitaires, j'ai aimé naïvement les romans de James Fenimore Cooper comme des épilogues, des chroniques hautaines de la fin. Proust à son tour, un dernier des Mohicans en frac et souliers vernis, ne fera que raviver des feux éteints.

Pourquoi les causes perdues font-elles de si bons livres ?

Un peu plus tard, à Lyon, dans mon adolescence, je fus jeté dans la houle et le grand sommeil du théâtre :

Shakespeare, Molière, Racine forment – grâce à Roger Planchon et au TNP de Villeurbanne – une trinité qui reste indissociable de folles randonnées la nuit dans une ville morte, à pied ou en mobylette, à l'insu de mes parents.

Le théâtre ne se sépare pas d'un conte d'hiver.

Les nuits d'Avignon pendant le festival d'été – la tiédeur captive des pierres dans les cloîtres, les absinthes et la brise de l'aube – n'ont pas effacé ce manteau de pluie, ce lent périple de la brume et de la neige : j'en ressens encore le frisson dans la nuque.

Shakespeare !... La forêt qui marche, le père mort qui parle, la lune qui tue, la nuit qui rêve, les têtes qui roulent. *Merry England* ! Un octobre élisabéthain plutôt qu'un été grec.

Ce qui se tait, ce qui se crie, ce qui se chuchote.

Le théâtre, on a beau faire, c'est toujours « un peu gros », disait Roger Planchon, comme pour se disculper de sa préférence envers les grandes largeurs. Je n'étais pas trop attiré par le surnaturel ; le théâtre donnait un sens, une beauté, aux présages et aux dieux. La question initiale étant moins : *To be or not to be ?* que *Who's there ?* Qui est là ?... On n'a jamais la réponse.

Depuis la place Lazare-Goujon à Villeurbanne, je revois de longues avenues désertes qui prorogeaient la brume d'Elseneur et les ombres de la forêt d'Arden jusque dans les ruelles un peu louches et abruptes de la Croix-Rousse – la colline de Lyon où j'habitais alors, avec une vue splendide sur le Rhône. Titus et Bérénice sous les traits de Sami Frey et Francine Bergé, Tartuffe et Don Juan, lady Macbeth, ou Falstaff avec Jean Bouise – sa voix en cloche de bronze, ses dents de lapin et sa bedaine postiche – m'étaient plus proches que ma petite sœur ou ma cousine.

Dans quelles circonstances ai-je assisté alors à une répétition d'une pièce d'Audiberti, je ne sais plus – était-ce *Le mal court* ou bien une adaptation de *La Poupée* ? Je me souviens d'un petit coq alliant la verve et le boniment : Marcel Maréchal. À la fin des années 1960 à Lyon, c'était à son tour de passer pour un novateur, avant de s'offrir une belle carrière d'histrion. N'étant pas parisien, j'ai totalement ignoré Jean-Louis Barrault et Vilar, je n'ai pas eu à choisir entre le feu et la glace ! Du premier, le second dira un jour « Il aime *trop* le théâtre ! », en feignant de s'en affliger, méchamment, comme l'hôpital se moque de la charité.

Ce qui me fut révélé, à mon corps défendant, c'est qu'il y a une ivresse de l'ennui, car au théâtre on s'ennuie souvent, n'est-ce pas ? à moins d'être soi-même sur scène : cela s'appelle la *rêverie* – l'ennui enchanté.

L'exact résidu des songes.

Et puis il y a le rire – non moins grisant, beaucoup plus mystérieux et souvent plus amer que les larmes. Pas le comique non : le ridicule qui est dans les choses mêmes et qui est inhérent à notre condition. Flaubert et Gogol ont l'art de le déceler. Molière aussi. Depuis l'australopithèque, le premier dans la famille à se tenir droit et à fabriquer des armes avec des cailloux, il y a quatre ou cinq millions d'années, nous sommes des singes habillés en ingénieurs, en soldats, en contrôleurs des impôts. Risible, non ?

C'est cela que le théâtre détecte.

« Un théâtre où on ne rit pas est un théâtre dont on doit rire », disait Brecht, soucieux de briser nos illusions par la féerie même. Brecht a raison, le rire est un éclaireur ; cela se vérifie jusque dans les tragédies de Sophocle, dans les soliloques de Beckett et les dialogues atones de Nathalie Sarraute ou chez le Vénitien Goldoni revisité jadis par Giorgio Strehler qui, à la geste austère du Berliner Ensemble, substitua la parade endiablée du Piccolo Teatro – sous l'égide d'un Arlequin bondissant dans le rôle d'échanson.

Un peu comme chez Pasolini, le patois frioulan, ce latin alpestre, coupe l'évangile révolutionnaire, la pesante grammaire de Brecht s'allégeait grâce au zézaiement de la langue vénitienne que vocifère le peuple de la lagune. Serais-je moins réceptif à la dialectique qu'au dialectal ? Plus tard, au-delà de sa doctrine, j'aimerai chez Brecht son côté romantique allemand – l'homme sensible et rusé sous la cuirasse d'un second Luther.

À la fin des années 1970, je fis un peu de théâtre dans une salle de classe aux vitres cassées, à Ivry-sur-Seine, où

Robespierre avait sa rue à l'écart des grands hommes. Avec un maître impavide : Antoine Vitez. Me plut d'emblée sa devise héritée de Copeau et Jouvet : « Élitaire pour tous ! » Son aura – il avait été le secrétaire d'Aragon et le traducteur du *Don paisible* de Cholokhov, un gros roman russe que je n'avais pas lu – lui donnait une audience auprès de disciples intermittents, de gueux raffinés et avides de recueillir la bonne parole. Les soirs de première au Théâtre des Quartiers d'Ivry, les échevins béats et moustachus du PC local roupillaient aux premiers rangs dans leur pardessus gris. Cher Antoine ! Nous étions ses *happy few* !

Longtemps avant d'être nommé administrateur général du Français à la fin des années 1980, Vitez avait su non pas actualiser le répertoire classique, ce qui est ballot, mais le relire en profondeur et lui donner un sens sans le travestir ni le galvauder. Mieux qu'un précepteur, c'était un amateur d'âmes. Un Philinte enclin aux fragilités d'Alceste. Avec cela, un communiste sensible au clavecin et à l'épinette ! Il me révéla Tchekhov – le pli burlesque sous le tragique. Il me fit entendre Racine autrement, malgré moi il me fit aimer les larmes. « Il faut que le théâtre passe à travers les larmes », disait l'Allemand Klaus Michael Grüber, prompt à déceler sous chaque pensée un soupir, qu'on interprète Euripide, Kleist ou Labiche.

Chez Marivaux aussi, le dramaturge est un détecteur de fumée, les masques de la comédie sont des révélateurs, les valets jouent comme des enfants à devenir les maîtres ; l'amour est un jeu de hasard, et un marché de dupes. Il n'y a aucun départ en apparence entre une marquise et une bergère, Dorante est séduit par Lisette, le Prince s'éprend d'une villageoise. Dans la langue rude et poudrée du XVIIIe siècle, ce clinicien des âmes s'escrime à déchiffrer la confusion des sentiments : un agenouillement, une rougeur soudaine, un battement de cils, une œillade, un faux pas, un silence, cela suffit. Il faut que les cœurs s'ouvrent pour mentir, et qu'ils mentent pour se trouver.

Quoi de plus trompeur qu'une honnête femme ?... Aujourd'hui, sa question ferait condamner Marivaux par un tribunal. Car nous sommes devenus des adorateurs effarés du visible, c'est-à-dire des illettrés dans l'ordre symbolique. Quand tout s'exhibe, tout est réel, plus rien n'est vrai – encore un effort, nous y sommes presque ! La leçon de Marivaux : la *vérité* – ce qui est caché, ce qui se dévoile, ce qui fait mal – est obscurément reliée à la question du féminin, là où tout est voile, ruse, réticence, prière muette, viol ou burkini. La surprise de l'amour... On le croit misogyne, on a tort. L'effraction – l'obscène – n'est jamais là où l'on croit.

On a beau en sourire, il y a de la noirceur dans ces froissements de soie et une pâle méchanceté sous ces palpitations d'éventails. « Maugré la comédie, tout ça est vrai, noute maîtresse ; car ils font semblant de faire semblant » : c'est l'horizon d'un trou noir, un abîme.

Un miroir où se reflète une eau qui n'est pas pure et qui nous attire et qui nous glace. On a alors le sentiment que tout est dit : nous sommes des jouets, ô gué ! nos pulsions mènent le bal.

Et cela, tout cela, dans un patois qui sonne *extrêmement* français. On le sait depuis Villon, ce brigand ! On l'entend grâce à Ronsard, qui était sourd comme Beethoven et qui fut en douce le divin instituteur de Jean Genet dans sa prison de Mettray, l'alliance entre le rustique et le seigneurial a produit des merveilles dans notre langue avant que Molière ne vainque les doctes et n'enfonce le clou. Comme si une certaine crudité, une cruauté, une rudesse héritée des fabliaux persistaient sous les subjonctifs et les rubans. Il suffit de relire La Fontaine pour s'en convaincre : ce rustaud est un homme de cour et un orfèvre, il fait sonner et trébucher le vieil or du français. Avec ses poignets de dentelle, on le croit assis à méditer plutôt qu'à médire sous un chêne au bord de l'eau. Erreur : la morale de la fable est plus méchante et plus précise qu'un sondage.

Vers quinze ans, je découvris la poésie avec *Une saison en enfer*, ce coup de sang, et un album de Sempé, je ne sais plus lequel, *Tout se complique* peut-être, paru en 1963, que j'avais déniché dans la bibliothèque assez composite de mon père – les mémoires de Clemenceau y voisinaient avec *La Mare au diable* de George Sand et le *Corneille* de Brasillach ! Cela ne me paraissait pas incompatible d'aimer Rimbaud et Sempé en même temps, peut-être parce qu'ils sont l'un (qui grimace) et l'autre (qui sourit) incapables de vieillir.

Et parce qu'ils refusent obstinément les larmes.

Je n'osais choisir entre la méchanceté, « le délicieux sortilège de l'épithète rare », et une idée presque philosophique de la douceur – le plus cruel n'étant pas celui qu'on croit. Le crayon de Sempé reste pour moi un antidote au cynisme qui masque nos craintes et nos désillusions.

J'abordai alors, sans savoir la nommer, la littérature : en vrac, *Les Âmes mortes* de Gogol, *Les Cavaliers* de Kessel, *Le Roi des Aulnes* de Michel Tournier, les nouvelles d'*Un jour rêvé pour le poisson-banane* et *L'Attrape-cœurs*[1] de Salinger, publiés dans la merveilleuse collection « Pavillons » de Robert Laffont, puis *Thérèse Raquin* de Zola... le poison, le suicide, le sexe – je résume.

---

1. J'en connais l'incipit par cœur : « *If you really want to hear about it, the first thing you'll probably want to know is where I was born, and what my lousy childhood was like, and how my parents were occupied and all before they had me, and all that David Copperfield kind of crap, but I don't feel like going into it [...].* » (« Si vous voulez vraiment que je vous dise, alors sûrement la première chose que vous allez demander, c'est où je suis né, et à quoi ça a ressemblé, ma saloperie d'enfance, et ce que faisaient mes parents avant de m'avoir, et toutes ces conneries à la David Copperfield, mais j'ai pas envie de raconter ça [...]. »)

Et puis enfin, enfin, ce fut *Le Rouge et le Noir* de Stendhal, dont le titre même a conservé pour moi son mystère. Avec ce frère jumeau, moins un héros qu'un autre *Je* hypocrite et semblable, radieux jusque dans sa noirceur, et qui s'imposa sans devancier ni maître : Julien Sorel.

« Messieurs les jurés, [...] je ne vous demande aucune grâce [...]. Je ne me fais point illusion, la mort m'attend : elle sera juste. [...] Mon crime est atroce, et il fut prémédité. J'ai donc mérité la mort, messieurs les jurés. Mais, quand je serais moins coupable, je vois des hommes qui, sans s'arrêter à ce que ma jeunesse peut mériter de pitié, voudront punir en moi et décourager à jamais cette classe de jeunes gens qui, nés dans une classe inférieure et en quelque sorte opprimés par la pauvreté, ont le bonheur de se procurer une bonne éducation, et l'audace de se mêler à ce que l'orgueil des gens riches appelle la société. »

Au-delà du mélodrame, son procès était celui d'un paysan parvenu – une belle âme avec de grosses mains – face à des gens apeurés de son audace.

Mon premier coup de foudre.

Cet air enfantin qui le rattrape dans son sourire et qui lui ride le front me fut révélé par Gérard Philipe dans un film de Claude Autant-Lara – avec Danielle Darrieux (Mme de Rênal) dans son sempiternel emploi de *coquette*. Et cela grâce à un camarade de lycée... Jean-François Aubertin, dont la mère, directrice d'une école normale, animait un ciné-club le samedi après-midi. On entrait à contrecœur dans de vieux films en noir et blanc, au son imparfait et au phrasé nasillard – *Casque d'or*, *Monsieur Verdoux*, *Madame de...*, *La Règle du jeu* –, on en sortait moins charmé qu'irradié.

Reste que Julien Sorel m'a fait plus rêver que Gary Cooper, dont j'enviais le charme un peu las, ou que Charlton Heston dans *Ben-Hur* ! Il y a chez l'hypocrite un gouffre de candeur auprès de quoi la sincérité qu'on érige en vertu n'est qu'un simulacre. Julien est un aristocrate en songe, un petit-cousin de Thomas l'imposteur de Cocteau, ce jeune homme qui s'arroge un nom qui n'est pas le sien, croit se doter d'un destin et meurt par fidélité à soi en se disant : « Je suis perdu si je ne fais pas semblant d'être mort. »

Car il ne suffit pas de vivre sa vie, il faut l'imaginer ! La mort, ça n'existe pas, ça n'arrive qu'aux autres... Il n'y a que Bossuet, ce vieux tromblon, avec son glas inimitable pour nous remontrer que non, et en frémir en nous sonnant les cloches. Je confesse un penchant risible pour Bossuet – sa sonorité funèbre et ses ellipses, sa témérité, son panache –, quoique sourd à sa fureur évangélique.

Il y a deux catégories d'hommes : ceux qui relisent *Le Rouge et le Noir* une fois par an et les autres. Cela dépend de l'idée qu'on se fait de la jeunesse, je suppose.

La rage de Baudelaire, sa haine de classe envers le *bourgeois*, prolonge celle de Stendhal. Stendhal, l'éternel soupirant !... Nietzsche, qui a des préférences et des dégoûts très appuyés, lui envie son « athéisme » – sa pureté. Ce que Barbey d'Aurevilly, ce grincheux, réprouve sous le nom de « mutisme moral ». Ce que Malraux appelle joliment sa « non-duperie », et son « acuité » – sauf en amour, où Arrigo Beyle le Milanais revendique fièrement d'être un nigaud.

Après quoi, rien – un grand vide. Aucune odeur, aucun désir. Rien qui me donnât le sentiment d'exister.

Je fis du sport.

Je voyageai.

Je cessai de lire, je ne lisais que pour étudier. Par devoir, par ennui, par dégoût de moi et des autres. Or j'ai besoin de croire, c'est plus fort que moi, mon *athéisme* est un bouclier de verre, j'ai beau résister, je crois tout ce qu'on me raconte. C'est pourquoi j'ai du mal à lire Rousseau ou Chateaubriand, ces enjôleurs, je me demande sans arrêt si ce qu'ils nous racontent me concerne, je crains de me faire avoir.

Tout ce qui viendra après, longtemps après, Dante et les romans de Victor Hugo, Proust et Céline, *Ulysse* de Joyce et *L'Homme révolté* de Camus, les livres des Prophètes et l'Évangile de saint Jean, San-Antonio et James Hadley Chase, les dessins de Cabu et de Reiser dans *Hara-Kiri*, et *L'Express* de Servan-Schreiber volé sur la table de nuit paternelle, me paraît finalement secondaire, s'il s'agit de recenser de l'intense et de numéroter ses premiers émois.

On pourrait dire de moi : « Ce type est de droite car il n'est de gauche que philosophiquement, assez dédaigneux et démodé par ses préférences », je n'en serais qu'à demi offensé. Je ne suis pas déiste. J'aime la grammaire. L'épique me fait bâiller. En politique, quoique facilement gagné par l'illusion lyrique – un Michelet, un Jaurès, un Malraux me tirent des larmes –, je partage la méfiance de Flaubert envers le peuple, je trouve le suffrage universel encore plus bête que le droit divin.

Je suis snob. Je n'aime pas les succès d'audience.

PRIMAUTÉ DU VOYAGE

La première vague

Je pense aux matelots oubliés dans une île,
Aux captifs, aux vaincus !... à bien d'autres encor !

Baudelaire

Les voyages forment la jeunesse, nous dit Montaigne. Aujourd'hui, moins que jamais, quoique sédentaire, je ne distingue entre écrire et voyager – sachant qu'un voyage peut être immobile.

Et si le voyage – désiré, subi ou rêvé – était à l'origine de la littérature universelle ? Avant d'écrire des romans d'amour, des odes ou des *ghazals*, les hommes ont fait de la géographie. Depuis l'aube de l'humanité, les hommes marchent, rêvent, meurent en marchant ; le monde s'est peuplé au gré des migrations. Leurs exodes ont suscité des genèses, des chants tragiques, des récits fabuleux.

La faute à Homère – saurions-nous sans lui ce qu'est un *rivage* ? Et qui sait s'il n'y a pas aujourd'hui dans la foule obscure des migrants qui affluent aux frontières de l'Europe un poète inouï, l'auteur d'une seconde *Énéide* ? Avec son baluchon et son paternel sur le dos ! Car les peuples sédentaires ont beau fabriquer des perles comme les huîtres rivées à leur rocher, ils ignorent la poésie. Seule la mer sait ce que signifie *là-bas*.

Quelque chose de ce désir, de ce féroce aiguillon océanique, s'inaugure avec l'*Odyssée* d'Homère – ce fut ma première *vague*. Au fond, au hasard de mes lectures de jeunesse, j'avais bel et bien commencé par le début : l'histoire d'un homme qui est parti à la guerre et qui veut rentrer à la maison – un peu comme E.T. dans le film de Spielberg, désignant de son gros doigt une étoile : *Home !*

Ulysse !... l'hôte et l'étranger, *xenos* en grec : celui qui reçoit et celui qui est reçu. Primauté du voyage. Ulysse, ce veinard, est confronté, dans ses tribulations d'île en île, à la pure altérité du Cyclope, des peuplades hostiles – Cicones, Lotophages, Lestrygons –, ainsi qu'aux affolants mystères moins de la Femme que du féminin – la nymphe Calypso, Circé, Nausicaa, Pénélope. Avec lui, on nage dans le symbolique.

Ulysse est son propre avatar. Il n'est pas un étranger, il le devient.

Ce que chantent les sirènes, c'est ce qu'il lui est interdit de connaître, ce qu'il ne sait pas, puisqu'il doit d'abord le vivre : sa propre destinée, son renom, la légende même d'Ulysse ! Homère dit cela sans le dire : il préserve le suspense, il n'est pas fou, il attache son héros de force au mât de son navire, il ne va pas casser la baraque. Plus tard, Hitchcock fera pareil avec James Stewart ou Cary Grant, enchaînés et pris en otage par un conteur sadique.

Ce qui distingue le héros, comme le prophète, c'est qu'il ne veut pas en être un ! Superman, Bibi Fricotin ou James Bond savent d'emblée qu'ils sont invincibles, ce sont des superhéros, Ulysse non. Il est plein de défauts. C'est un petit malin qui plie devant la loi quand elle est divine. Et il a de la chance. Ce qui est prodigieux, ce n'est pas lui, c'est le monde : il ignore le secret de son existence et le mode d'emploi de sa survie, il erre pour les connaître. C'est pourquoi il doit rester sourd aux prouesses que lui prédisent les clameurs de l'océan ; il ne doit pas fâcher les dieux qui tirent les ficelles de son destin en s'arrogeant une prérogative céleste. Ce serait une faute contre soi, une faute contre le *temps* – ce qui sera fatal à Œdipe.

Axiome tragique : celui par qui la durée boite a beau régner, il sera fou – et commettra un crime abominable, comme Macbeth, le fou le plus stoïque, Richard III, le plus artiste, ou le Roi Lear, le plus enfantin. Seul Hamlet, le fou le plus sage, comprend que cette dissonance est sans remède. « *The time is out of joint* »... On est séparé de soi. Pour la première fois, avec Homère, le héros, quelles que soient ses vertus, doit se taire et apprendre, ne serait-ce qu'à vieillir puisque c'est un homme. Il va vers son risque.

Son retour piteux, puis triomphal à Ithaque en faisait pour moi un petit-cousin de Richard Cœur de Lion – auréolé par Walter Scott et par le film en Technicolor de Michael Curtiz –, éloigné de son royaume par la croisade et une longue captivité en Allemagne, avant de chasser les usurpateurs et de reconquérir son trône de roi d'Angleterre. Le premier retrouve sa fidèle épouse, le second célèbre dans la forêt de Sherwood le mariage de sa nièce avec le valeureux Robin de Locksley, auquel Errol Flynn prêtait son insolence et sa moustache.

Avec cela, Ulysse et Robin des Bois étaient des archers – une flèche suffit à confondre leurs rivaux, dont la vilenie éclate aux yeux de tous. Victoire de la *forêt* contre l'iniquité... Cerise sur le gâteau, tout finissait par un banquet comme dans *Astérix*.

Mais on a beau vouloir répudier le tragique, cela n'efface pas la dure leçon d'Homère : la vérité, Muse *et* Méduse, est une chienne dont la morsure est fatale. Ou bien un tison, une flèche de feu, un soleil ardent qui ne connaît pas la pitié. On doit se contenter de n'en percevoir qu'un reflet fugitif, un rayon qui perce les nuages et se noie dans la mer, si l'on ne veut pas en mourir – pétrifié, cuit, brûlé.

Et tomber aussitôt en poussière.

La comédie du départ

Je suis dans un âge où l'on ne lit plus,
mais où l'on relit les anciens ouvrages.

Royer-Collard à Alfred de Vigny

Heureux qui comme Ulysse... à la belle candeur de Du Bellay s'oppose une phrase méchante, incompréhensible, et qui m'a désespéré jadis : « Je hais les voyages et les explorateurs » – l'incipit de *Tristes Tropiques* de Claude Lévi-Strauss (1955).

Une profession de foi à l'envers.

Un aveu qui retentit comme un adieu, un renoncement, un déni de soi – et de sa jeunesse.

D'où lui vient ce dégoût soudain de l'aventure, lui qui a tant aimé vivre parmi les sauvages dans la forêt ?

Avec sa barbe de franciscain et ses grosses lunettes d'écaille, un jeune homme au falzar dépenaillé campe au bord d'un fleuve. Un fruit rond, ce n'est pas une orange, est posé sur une écuelle ; un sapajou tire sur une laisse de cuir enroulée autour de sa ceinture. Nous sommes en 1938 : Maurice Ravel est mort, Hitler vient d'annexer l'Autriche, Carné adapte *Le Quai des brumes* de Mac Orlan au cinéma. Pendant ce temps, relégué dans un outre-monde, l'écrivain-philosophe partage avec bonheur la vie des Indiens bororo au Brésil, dans le Mato Grosso.

Dans son livre, Lévi-Strauss restaure la dignité des peuples *primitifs* : loin de représenter un stade infantile de l'humanité, ces sociétés oubliées et oublieuses de l'Histoire ont inventé des organisations complexes qui ne sont en rien inférieures aux nôtres ; elles sont de toute éternité un miroir, un abîme, un accomplissement de l'humain. Les aurochs de Lascaux n'ont rien à envier aux bêtes à cornes de Picasso.

Lévi-Strauss constate sans s'émouvoir que certains peuples, jadis méprisés, aujourd'hui vaincus, ont su inventer un juste équilibre entre une nature sans culture – le « cru » sans le « cuit » –, vouée au pourrissement, et une culture sans nature, possiblement brûlée par la technique et conduite au désastre écologique. Nous y voilà.

Enfant, j'étais déjà las d'espérer, et curieux de partir ; je me destinais sans rire à la profession de vétérinaire itinérant chez les Bororo, pas ceux du Brésil, non, ceux du

Niger qui sont des Peul – les femmes y sont les plus belles du monde –, ou à défaut à une carrière de scaphandrier dans les Caraïbes – je vous dis tout.

Son arrêt m'avait glacé.

Moi qui rêvais sans fin d'îles et de frayeurs d'océan, de coupoles d'or et de citadelles enfouies, ne songeant qu'à arpenter les confins de la terre avec un couteau dans la poche, j'arrivais trop tard. Ma carrière d'aventurier était d'emblée compromise. Je n'avais désiré que l'ivresse de rompre. Je m'étais pris pour un *descobridor* – combien de vocations avortées dans la contemplation muette des atlas ! –, je n'étais qu'un Fabrice, un vétéran prématuré, un retraité de la grandeur, « un de ces cœurs de fabrique trop fine ». Le monde avait tort... non, c'est moi qui avais tort dans tout ce qui ne m'arriverait pas. S'en aller au bout du monde et mourir comme le capitaine Cook sur une plage des îles Sandwich, le cœur percé d'une sagaie et dévoré par des cannibales : trop tard !

Or, ce n'est pas parce qu'il est né écrivain que l'ethnologue a écrit *Tristes Tropiques*, c'est l'expérience même du voyage qui fait de lui un écrivain. C'est son périple en Inde et au Moyen-Orient et son séjour parmi les Indiens Nambikwara du Brésil qui lui inspirent ce livre où il cuve l'encre de sa mélancolie – sa vision.

Ce n'est pas un accident.

D'autres avant et après lui – Ovide, Victor Hugo ou Nabokov – ont puisé dans la déportation, la disgrâce ou l'exil un supplément de douceur. Car la douleur et la douceur, par une étrange bizarrerie du français, ne se séparent que d'une lettre. On le sait depuis Charles d'Orléans qui écrivait des ballades dans sa prison anglaise avec un ongle et des larmes.

Primauté du voyage en littérature : tout (re)commence par un départ, une rupture, un adieu. La dépression, le spleen, le désenchantement – amer savoir, celui qu'on tire du voyage ! – adviennent par-dessus le marché, quel que soit le butin et les songes qu'on emporte.

Je ne saurais définir ce processus, ni par quelle instigation des choses ou de soi le voyage engendre l'écrivain. Ce qui me semble : tout voyageur a l'envie de transmettre, de raconter ce qu'il a vu ou, encore mieux, ce qu'il n'a pas vu, comme le Pigeon ingénu de la fable.

« Mon voyage dépeint
Vous sera d'un plaisir extrême.
Je dirai : J'étais là. Telle chose m'advint. »

Sans blague ? Il est des voyages sans retour, mais l'idée du retour – le *nostos* des Grecs, le *rojû'* des Arabes, le *bâzgasht* des Persans, qui est obligation et espérance – et l'envie de raconter ses aventures aux siens servent d'éperon.

Voyager, c'est (se) décrire. Et cela, même si nos tribulations se limitent à une semaine de vacances au Club Med ou au camping « Les Flots bleus » de Bormes-les-Mimosas ! Il y a en chacun de nous un petit Marco

Polo qui brûle de raconter… la Chine ? Oui, un empire, une cité perdue, un *Finistère* – l'ailleurs, l'inouï, l'inespéré, le jamais-vu. La cour de Kubilai Khan, les pyramides de Koush, les rives de l'Oronte, les vestiges de l'Atlantide, le repaire de la licorne, le trésor des Incas, les seins de la voisine.

Pour l'un, le Berbère Ibn Khaldoun, né à Tunis, ce sera Fès, Grenade, puis Damas, où il rencontra Timour le Boiteux *alias* Tamerlan. Pour l'autre, Stendhal, ce sera l'Italie – « le loisir profond sous un ciel admirable », entrevu sous les combles d'un *attico* à Civitavecchia. Et une idée rêvée de l'Angleterre, la patrie de tous les dédains. Une cave de Saint-Germain-des-Prés pour Boris Vian, ce raté étincelant, et pour le Suisse Nicolas Bouvier, ancien élève de l'école Brechbühl et du Collège de Genève fondé par Calvin, l'archipel de *Cipango*, c'est-à-dire le Japon – « l'apprentissage du moins ». On voit qu'il n'y a pas de recette.

Comme si le plaisir de voir et de découvrir, qu'on soit touriste, explorateur, saltimbanque ou caravanier, ne se dissociait pas du plaisir de dire, de l'euphorie de raconter, d'embellir peut-être, de mentir (un peu) : « Écoutez-moi, j'étais là, c'est à moi que c'est arrivé, je le jure ! »

Le voyage appelle un narrateur, c'est-à-dire un acteur. Il est souverain. Et ce qu'il veut, éperdument, quoi qu'il en coûte, c'est qu'on le croie !

Encore faut-il être habile.

Un jour, au début des années 1960, Pierre Lazareff, directeur de *France-Soir*, interpelle son ami Blaise Cendrars, auteur de *La Prose du Transsibérien* : « Dis-donc, tu l'as vraiment pris, ce train, de Moscou à Pékin ? » Et Blaise, goguenard : « Qu'est-ce que ça peut foutre ? L'important, c'est que vous l'ayez pris grâce à moi ! » Car il ne suffit pas d'avoir roulé sa bosse, il faut savoir nommer les choses.

Se *remembrer*... Revivre en prose. Accuser ses sensations – c'est ça, se souvenir ?

Et si je n'avais écrit tout ce qui précède que pour en arriver là : *qu'est-ce qu'un écrivain ?* La question ne se pose qu'en France... Eh bien ? Quelqu'un qui vous emmène là où vous n'aviez pas envie d'aller. Un cicérone obstiné. Un joueur de flûte. Un charmeur de rats. Un charlatan ? Et cela, grâce à la suprématie aberrante d'une forme ou d'un style – « cette manière d'épauler, de viser, de tirer vite et juste, que je nomme le style », dit Cocteau. « Une manière absolue de voir les choses », décrète Flaubert, soucieux de s'affûter, et qui trempe son sabre, chauffé en Orient, dans les ciels de pluie de sa province. Tchac ! t'es mort, coupé en deux, tu te relèves, miraculeusement, plus large de front et d'épaules, etc.

Ce n'est pas une affaire de technique, c'est une affaire de *vision*, dit Proust.

Cendrars d'ailleurs – pas plus que Lévi-Strauss – n'est dupe de la comédie du voyage. Dans *Une nuit dans la forêt*, il l'avoue en s'esclaffant d'un aveu où il se décèle tout entier : « Une fois de plus, je rentrais bredouille de ce grand bluff des Amériques [...]. »

Ainsi puis-je sans mentir le moins du monde écrire : « Cet été-là, j'ai chassé le caïman et mangé du requin farci », ou bien : « Une nuit, à Sumatra, j'ai nagé nu dans le lac Toba », ou encore : « Je m'endormais dans les bras d'une Chinoise, abruti d'opium et bercé par la brise du Yang-Tsé, quand soudain... ». La question est non pas « Est-ce vrai ? », mais « Qui est *Je* ? ». Autrement dit : qui est là ?

La question se pose tragiquement à Hamlet devant des fantômes, son père, ses anciens amis, Ophélie – *« I did love you once »* –, aussi bien qu'à Flaubert quand il parle d'une femme – aimée, inconnue, remémorée – comme d'un pays. Dans *L'Éducation sentimentale*, il prête je ne sais quoi d'amer à cette attirance vide d'une contrée où l'on s'égare sans se délivrer de soi, ce qui résume toute une vie – la sienne rêvée, peut-être :

« Il voyagea.

Il connut la mélancolie des paquebots, les froids réveils sous la tente, l'étourdissement des paysages et des ruines, l'amertume des sympathies interrompues.

Il revint.

Il fréquenta le monde, et il eut d'autres amours, encore. Mais le souvenir continuel du premier les lui rendait insipides ; et puis la véhémence du désir, la fleur même de la sensation était perdue. Ses ambitions d'esprit avaient également diminué. Des années passèrent ; et il supportait le désœuvrement de son intelligence et l'inertie de son cœur. »

Qui dit mieux ?

Je connais quelqu'un qui a lu *L'Éducation sentimentale* sept fois sans se lasser... Oscar Wilde prétendait qu'il avait éprouvé son plus grand chagrin à la mort de Lucien de Rubempré. « Tu aimes trop la littérature, elle te tuera », disait George Sand à Flaubert...

Ô mes amis !

Or, poudre, encens, périples…

All I am is what I'm going after[1].

Vincent Hanna (Al Pacino)
dans *Heat* de Michael Mann

Mais un voyage, c'est aussi une quête, c'est-à-dire un prélude.

« Un autre m'attend ailleurs. Je vais à lui », dit Zénon, le héros de *L'Œuvre au noir* de Marguerite Yourcenar. Elle, si hautaine, recluse dans son île, mi-bodhisattva mi-Kaiserin, louve célibataire enlacée de ses foulards de soie, immobile devant une stèle antique en face du mont Fuji ou pissant comme un homme contre une borne de la Via Appia (plutôt qu'assise dans un concile de hérons sous la

1. « Ce que je suis, c'est ce que je poursuis. »

Coupole), c'était un peu sa philosophie – son ascétisme est un hédonisme.

Elle le confie dans ses *Carnets de notes de Mémoires d'Hadrien*, elle a longtemps médité et mûri « la phrase inoubliable » de Flaubert par où il croit deviner que la mélancolie des Anciens est plus profonde que celle des Modernes : « Les dieux n'étant plus, et le Christ n'étant pas encore, il y a eu, de Cicéron à Marc-Aurèle, un moment unique où l'homme seul a été. » Ce sera pour elle, vaccinée contre toute illusion, un îlot, un promontoire à rêverie, sa seule utopie.

La vision de « cet homme seul et d'ailleurs relié à tout » – par exemple un lettré, un voyageur, un esthète, un empereur, un soldat, un amant – lui inspire le livre de *sa* vie : les *Mémoires d'Hadrien*. Un autoportrait – quoi d'autre ? La moindre digression sous sa plume acquiert des saveurs qui ne sont qu'à soi. Yourcenar entre dans l'intimité d'un autre temps ; elle ressuscite le monde gréco-romain du IIe siècle comme Van Gogh peint la Provence : de l'intérieur, et la nuit !

Avec « une minutie passionnée, et quelques erreurs », elle s'efforce de rejoindre « ces hommes qui comme nous croquèrent des olives, burent du vin, s'engluèrent les doigts de miel, luttèrent contre le vent aigre et la pluie aveuglante et cherchèrent en été l'ombre d'un platane, et jouirent, et pensèrent, et vieillirent, et moururent ». Elle pousse même Hadrien à mentir afin qu'il soit plus proche de nous.

Faut-il s'éloigner de soi pour se trouver ?

Sans doute tout voyage est-il ainsi, à quelque degré que ce soit, une quête de la vérité – de l'autre ou de l'autre en soi. Une façon de mesurer obscurément ce qui nous sépare de nous-mêmes. Une expérience – prouesse, épreuve, schisme – dont on sortira modifié, vaincu peut-être, balafré, brûlé ou aveugle, mais vivant, la tête lourde d'un terrible secret – comme Peachy Carnehan, le héros disgracié de *L'Homme qui voulut être roi* de Kipling.

Ni meilleur ni plus sage. Plus léger ? D'une certaine façon. « Un voyage, décrète Nicolas Bouvier, qui ne prend rien à la légère, est comme un naufrage, et ceux dont le bateau n'a pas coulé ne sauront jamais rien de la mer. Le reste, c'est du patinage ou du tourisme. » Bouvier parle comme saint Paul ou Lénine !

Au vrai, il a raison, le voyage est une seconde naissance : une révolution et un baptême. Sinon ça ne vaut pas la peine.

Dans le sillage de Chrétien de Troyes, la littérature médiévale vouée à la quête du Graal – la rose, la brume et les beffrois – nous décrit ainsi toutes les étapes d'une errance mystique. Plus tard, le roman picaresque en sera la parodie – le *Quichotte* de Cervantès n'est qu'un voyage initiatique à l'envers. Don Miguel cloue son fier apôtre sur les ailes d'un moulin à vent comme un épouvantail. Après lui, après Sterne et Diderot, le roman occidental, ce sera au mieux une comédie qui finit mal car, à l'exception des contes de fées (et des films de Frank Capra), nos fictions méprisent le *happy end*.

Depuis que Roland Jaccard et le Grand Inquisiteur, Philippe Muray, nous ont quittés, y a-t-il encore un écrivain du bonheur parmi nous ?...

Dans la tradition arabo-persane, d'Ibn Khaldoun à Sohravardi au XIIe siècle (qui oppose un Orient intérieur à ce qu'il appelle « l'exil occidental »), le voyage *(al-safar)*, la pérégrination *(al-siyâha)* participent d'une méthode, d'une quête de perfection spirituelle inspirée du modèle coranique – l'échappée nocturne *(al-isrâ)* et l'ascension céleste *(al-miraj)* en sont les emblèmes. Les voyages – razzia ou pèlerinage, conquête ou croisade – forment dans la mémoire de l'islam originel un motif récurrent – Louis Massignon en parle comme de « lignes de force », comme d'un faisceau d'expansion et de mouvement reliant des cités entre elles.

Éloge de la caravane – et de la lenteur. Détruire le temps pour ne pas être dévoré par le temps. Comme un chameau ou un léopard qui marche dans le sable du désert sous le ciel étoilé et qui boit de l'eau ; chaque heure de sa vie, ni longue ni brève, se dévide jusqu'à sa mort sans ennui, sans heurts, semblable à l'éternité. À ce jeu-là, on désapprend de rugir, on fait pleurer sa mère et l'on perd ses amis.

Dans la culture soufie, l'homme est en exil sur terre, il ne s'agit que de retourner d'où l'on vient : on chemine ainsi vers Dieu ou en Dieu à travers le monde, jusqu'à l'extinction de l'orgueil et la mort de l'ego. Avec cette idée que l'immanence, la beauté qui nous est donnée ici-bas – dans la peinture, la musique, la nature ou l'amour –, n'est sous le nom d'Éros qu'un miroir brisé de la transcendance, soit une invitation au Voyage et une propédeutique du Paradis.

À moins que ce ne soit qu'une fuite, une évasion, une fugue éperdue.

Je pense à Rimbaud, ce beau parleur, ce paria adulé, cette canaille, qui voyage moins qu'il ne rompt, s'échappe, disparaît pour devenir invisible. Sans remède. Or, poudre, encens, périples... Ou encore à Montaigne, moins voyageur que sédentaire contrarié, qui avoue ne jamais mieux méditer que le cul sur une selle : « Je réponds ordinairement à ceux qui me demandent raison de mes voyages que je sais bien ce que je fuis, mais non pas ce que je cherche. » Avec Montaigne, muré dans sa « librairie », en quête d'une « domination pure », infiniment docile à sa pente, la pérégrination se mue en apologie de la diversité des hommes et de leurs croyances – en humanisme, au sens premier.

J'ai longtemps préféré écouter *Rubber Soul* des Beatles que lire les *Essais* de Montaigne. Aujourd'hui, j'admire son indépendance, j'envie son audace, je souris de son culot. On lui est redevable d'une posture qui distingue les écrivains français et qui scandalise ceux qui ne le sont pas : celle d'un moucheron qui, méditant sur la condition de moucheron, veut en instruire la terre entière. Son mantra : « Moi tout seul contre le reste du monde ! » – là où Rimbaud s'écrie : « Allez tous vous faire foutre ! », ce qui est en général mieux compris.

Alors qui, le cancre étincelant ou le stoïcien ?... Si Montaigne et Rimbaud s'étaient rencontrés, ils ne se seraient même pas parlé.

Et puis il y a le roman anglais et le roman américain où le voyage appuie sur le ressort même de la fiction.

C'est-à-dire ?

Un autre postulat. Comme si le monde était plus intéressant que soi, plus riche que ce que l'on cache – un « misérable petit tas de secrets », selon la formule convenue de Malraux.

Les Anglais sont un peuple de commerçants et de marins, et ils ont inventé le tourisme. Cela donne : les *Voyages de Gulliver, Robinson Crusoé* ou *L'Île au trésor* de Stevenson... et les romans de sir Arthur Conan Doyle. Moins, pour moi, les aventures de Sherlock Holmes que celles de Ned Malone, ce jeune reporter irlandais, qui dans *Le Monde perdu* (1912) s'aventure en Amérique du Sud dans une contrée peuplée de créatures préhistoriques – un siècle avant *Jurassic Park* !

Que des livres reliés à l'enfance, ce voyage oublié.

Chez les Américains, c'est encore autre chose : la houle, la mobilité, le sentiment géographique s'inscrivent dans l'écriture même.

De *Huckleberry Finn* de Mark Twain à *L'Attrape-cœurs* de Salinger, en passant par *Moby Dick* de Melville, *Walden* de Thoreau ou *Sur la route* de Jack Kerouac, le roman américain est peuplé d'orphelins fugueurs, de clochards célestes, de bûcherons aventureux et transcendantalistes, de marins errants, de pasteurs fous, de pèlerins hagards et d'ivrognes qui pleurent sur leur innocence perdue. Et qui tremblent.

« Soudain, comme dans une vision, j'ai vu Dean, Ange de feu, frissonnant, effroyable, venir à moi tout palpitant sur la route, s'approcher comme un nuage, à une vitesse énorme, me poursuivre dans la plaine tel le Voyageur au suaire, et fondre sur moi » *(Sur la route)*.

Tous des descendants hallucinés du capitaine Achab et d'Arthur Gordon Pym ! Écrire, c'est franchir la *Frontière*, courir les bois, défricher, explorer, investir une terre inconnue, déplier le continent d'est en ouest comme une carte. L'Histoire, la politique, les femmes s'absentent, seul règne l'espace – et une obscure prophétie. Il faut se frayer une route dans une contrée hostile avec une bible (et un colt) à la ceinture. Épier la blancheur et planter son harpon dans le ventre de la Baleine. À moins d'être socialiste comme Jack London – avec un penchant pour la neige et les loups.

Et cela n'en déplaise à M. Henry James, qui ne l'était pas, socialiste, et qui a toujours préféré un Derby à Epsom ou un *five o'clock* dans le Kent à une conversation avec un

Peau-Rouge ou un « nègre » – et qui ne décèle dans les paysages de l'Amérique qu'un écran de grisaille. Mais le timide James n'est pas moins hardi qu'un colon égaré dans l'Ouest quand il s'escrime à débusquer l'ineffable, la *Bête,* surprise sous une ombrelle rose, non pas tapie dans la *jungle* mais lovée dans un paysage à la Corot, un décor idyllique du Valois ou de la Toscane, comme s'il était l'apôtre d'une vérité qu'il effleure en frissonnant et qu'il n'ose dire.

Ne pas confondre son tigre intérieur avec une meute de coyotes aboyant dans la nuit.

Car il ne suffit pas d'observer, il faut rêver la vie, la sienne et celle des autres ; ce n'est pas une technique, un *métier,* je le redis, c'est une affaire de vision.

Il ne s'agit pas ici d'exotisme – « un souffle des tropiques, un arôme de savanes », ironise Sainte-Beuve. Non, je parle ici d'un moteur plus puissant qui fait de l'auteur en vadrouille une sorte de Christophe Colomb, plus rêveur que navigateur, attaché à la découverte d'un nouveau monde en lui ou d'une improbable Amérique.

On obtient ainsi, au choix, *Le Soulier de satin* de Paul Claudel, *La Route des Flandres* de Claude Simon, ou *Le Voyage de monsieur Perrichon* de Labiche, *Un barrage contre le Pacifique* de Duras – d'autres voyagent, elle aime mieux médire amoureusement de soi et des siens –, ou encore *Le Chercheur d'or* de Le Clézio – un roman de corsaire généalogique coupé de créole mauricien, etc.

Car écrire, ce n'est que donner une forme, mais il faut qu'elle soit singulière, à des filiations égarées, rendre sensibles une époque et un lieu. Voyager, ça sert à ça ! Au point qu'on s'interroge : qu'est-ce qui dans le roman et dans la poésie ne relève pas du voyage, c'est-à-dire d'une préface ?

On m'objectera que certains, et non des moindres, n'ont jamais quitté leur village : Giono, Saint-Simon, Faulkner, Homère, ayant eu, qui sait ? le vertige, le mal de mer ou des cors aux pieds ! Leur voyage est intérieur et non pas immobile. Robinson dans son île n'a-t-il pas finalement autant appris qu'Ulysse ?

Chateaubriand qui n'a cessé, le cheveu au vent, de courir la poste sur les routes de l'Europe le proclame : « L'homme n'a pas besoin de voyager pour s'agrandir ; il porte avec lui l'immensité. » Mais il nous ment bien sûr, il se ment, ce vieux renard, et il oscille entre les honneurs et le tradéridéra, comme toujours.

Moi aussi d'ailleurs, ne croyez rien de tout ce que je vous raconte.

RETOUCHES

Molière amoureux

À l'âge de dix ans, à la mort de sa mère, à jamais inconsolable, il a connu un long chagrin, un effroi qui ne l'a pas quitté. Il avait la tête pleine de cris. Il n'a jamais pardonné aux médecins.

Il aurait pu être riche, tapissier du roi comme son père, il préféra endosser le costume de Sganarelle, jouer les valets mais pour rire, et tirer le diable par la queue ; il choisit le théâtre : le succès, le faste et la frime, l'errance, la compagnie des gueux, ce qui n'était pas convenable, sauf à amuser Monsieur et à plaire au roi, ce qui ne dure qu'un temps.

Il osait s'étonner, il s'étonnait d'oser.

Il a provoqué les doctes et les académiciens. Il a été précieux sans être ridicule, et parfois ridicule comme sont les maris. Il a aimé la mère, puis épousé la fille et payé son audace au prix fort.

Il a puisé dans l'eau noire de sa mélancolie les ressorts de la farce.

À moins qu'il n'extraie de la farce une terreur intime, une sombre et austère folie. Et dans les sévices que son Pourceaugnac s'inflige une risible métaphysique.

S'il écrit *La Jalousie du Barbouillé*, s'il s'accoutre gaiement du masque de Scaramouche, c'est parce que les recettes de sa troupe sont au plus bas, et que le public veut des grimaces ! Jean-Baptiste adore faire le pitre, mais il préférerait jouer *La Mort de Pompée* avec des lauriers sur le front.

On dirait que Molière s'ignore étrangement comme écrivain, c'est sa force. Contrairement à Pascal ou Montaigne, peu enclins à se déguiser en Mascarille, il n'a pas de vision du monde à faire partager, il ne sait que regarder les hommes. Il ne nous condamne pas, il nous attrape, nous jette dans la balance et nous pèse.

Nous sommes des jouets, nos passions mènent le bal.

Dans une société de cour, le ridicule est un sujet, Molière en fait la matière de son art. Et il plaide avec éloquence en faveur de la comédie : « Il est bien plus aisé de se guinder sur de grands sentiments, de braver en vers la fortune, accuser les destins et dire des injures aux dieux que d'entrer comme il faut dans le ridicule des hommes [...] ; c'est une étrange entreprise que celle de faire rire les honnêtes gens. »

Quoi qu'il écrive, quand on croit qu'il s'abaisse, il se hisse.

Molière n'est pas sans devancier ni maître, mais il s'accroît de ce qu'il emprunte. Il a su tirer le meilleur de

Corneille, l'inventeur de la comédie *à la française*. Il ne se croit ni novateur ni précurseur, mais il pressent que tôt ou tard les Modernes vont supplanter les Anciens.

Il a suscité la haine des dévots et l'amitié des princes. Et la jalousie de Racine. Et la rage de Lully, aussi ambitieux et plus roué que lui. Et l'aigreur de Boileau, qui feint de s'indigner :

« Dans ce sac ridicule où Scapin s'enveloppe
Je ne reconnais plus l'auteur du *Misanthrope.* »

Sans blague !

Grâce à Molière, on sait qu'en matière de religion le pire danger, ce n'est pas Tartuffe, un imposteur, c'est Orgon parce qu'il est sincère – virtuellement un fanatique.

Molière a su hurler, murmurer, dire, et supplier – et même se taire.

Il y a d'un côté les passions, et de l'autre les coutumes, qui ne sont pas moins tragiques. Que la vie soit comique pour celui qui pense et une douleur pour celui qui sent, ça il le savait.

Molière fait tinter le vieil or qui roule dans le français quand on le parle : la galanterie et la satire, les soupirs de la pastorale et la crudité des fabliaux, la langue poudrée des salons et le parler des ruelles. Et le patois des belles paysannes. Rien de plus théâtral, morgué ! que cette langue-là, si dure, qui n'a rien de maternel et qui répudie l'idée même d'une douceur qui viendrait de la mère. Il a écrit la pièce la plus féroce de tout le répertoire : *L'Avare* – un abîme.

Il a pris le parti des fils contre les pères, et défendu les amants juvéniles contre les vieux chameaux, les soubrettes contre les barbons.

Il a été irascible envers les cuistres et les sots qui ont fait de lui leur ennemi mortel.

Il a su très tôt que la politique, la philosophie et la religion ne sont pas les seules à dire la vérité sur les hommes. Quand son grand-père maternel, qui est fou de théâtre, emmène Jean-Baptiste à l'hôtel de Bourgogne, l'enfant devine, au-delà des facéties de Gros-Guillaume et de Gaultier-Garguille, que le rire est plus mystérieux et parfois plus amer que les larmes.

Il a été critiqué, aimé, applaudi, attaqué, calomnié, trahi.

Un démiurge, et un dramaturge. Un détecteur de fumée. Un artiste.

Un élan, un pur instinct, le pousse à défier la mort en mimant sans fin les hoquets d'une naissance. Il a réalisé le rêve secret de tous les comédiens : mourir sur scène – tout en faisant s'esclaffer l'auditoire. C'est du moins sa légende. Et eux d'applaudir, dupés par ses mimiques, et lui de cracher du sang, et eux de rire de plus belle en se disant : quel acteur, crénom !

Ce fut un solide contempteur du sacré – le théâtre étant ce lieu obscur où l'on vérifie jusqu'où et comment l'art résiste au sacrilège. Tout advient au détour de la farce sous un ciel vide, si méchant et si fatal qu'on le croirait grec.

Il ne sépare pas la pensée et les mœurs – si français en cela et pourtant universel, aimé et compris dans toutes les langues, de Rio à Pékin, de Moscou à Oulan-Bator. La recette est perdue.

Il n'est jamais savant ni nébuleux. Sa morale est affaire de tact et d'instinct, de goût. Il ne juge pas les hommes, il a juste créé des monstres qui nous ressemblent : Orgon, Argan, Alceste. Sans Molière, les Français seraient plus seuls – et encore plus bêtes.

Il a aimé les femmes et il a aimé l'amour. Faut-il chérir ce qui nous blesse, ce tourment que la raison craint et que le bon sens condamne ? Il nous laisse libres de répondre. Parler de Molière, c'est parler de soi.

Avec Molière, on croit être au théâtre… Non, voici un homme qui s'avance vers nous et qui nous regarde.

Depuis son enfance, son animal favori était le singe.

Joseph Conrad.
Primauté de la panique

Thar she blows, captain[1] *!*

Joseph Conrad (1857-1924) n'a rien d'un aimable skipper à l'encre bleue. C'est un sphinx. Un petit frère de Stevenson du côté de l'obscur, et qui s'accointe en douce aux énigmes, aux premiers émois, aux ardeurs juvéniles.

Il court sur Conrad une promesse d'îles, une rumeur de périple et d'or perdu, qui vous emporte comme une vague. Sans parler de ces mots magiques qu'il sème dans ses phrases comme des bouées : *amers*, *amures*, *beaupré*, *ralingue*, *brion*, *brigantin*, *chouque*, *suroît*, *estrope*, *wharf* !

Des histoires d'honneur, des défections, des idées fixes, des errances éperdues, des naufrages. Des ovations

1. « La voilà qui crache, capitaine ! »

soudaines, des clameurs muettes, des relents de goudron et d'épices. Des fleuves noirs, des peaux brunes, des fièvres jaunes. Un vent des tropiques coupé par les glaces du *Titanic.*

On sait aussitôt qu'on n'est pas dans un roman de François Mauriac. Avec lui, tôt ou tard, ce sera panique à bord, et on aura le mal de mer. On s'échappe, on s'échoue, on se dépayse. On est emporté toutes voiles dehors, non pas dans un pays inconnu, ni même sur une autre planète, mais *au cœur des ténèbres,* dans un gouffre intérieur. On s'y noie, et l'on sait aussitôt qu'il y a une ivresse dans l'effroi.

Fils d'un insurgé polonais en rébellion contre le tsar, élevé par un oncle, Conrad s'engage à dix-sept ans dans la marine marchande britannique ; il ne parle alors que quelques mots d'anglais. Vingt ans plus tard, c'est dans cette langue, qui lui reste étrangère, qu'il écrira son premier livre, *La Folie Almayer,* qui est déjà l'histoire d'une malédiction. S'il est devenu entre-temps citoyen britannique, sa patrie, c'est l'océan. Ce n'est pas un écrivain qui voyage, c'est un marin qui raconte, et qui se réjouit des écueils : il nous parle moins de la mer que de la solitude, des poisons mortels qui irriguent ses nuits blanches – et de la panique qui s'ensuit.

Cela suffit à le distinguer de notre commandant Cousteau et du capitaine Haddock – même si celui-ci a conservé sous une *ligne claire* des brumes et de mauvais rêves qui l'escortent au pas cadencé de Johnnie Walker.

Sur une photographie datée de 1923, un an avant sa mort, accoudé au bastingage d'un transatlantique, le *S.S. Tuscania,* accostant à New York, Conrad pose avec une élégance un peu lasse et rêveuse. Belle tête de père noble en col dur. Chapeau melon, gants, canne à pommeau, barbiche d'officier ou de professeur. Ni un clochard céleste à la Kerouac, ni un baroudeur à la Cendrars. On dirait un collègue d'Aristide Briand en mission diplomatique pour la SDN.

Pas commode, le pépère.

En France, Joseph Conrad a bénéficié d'un parrainage prestigieux et précoce. Gide se souvient d'un déjeuner à Paris, en 1911 : « Comme je ne sais quel convive parlait avec enthousiasme de Kipling, Claudel eut un sourire dédaigneux et jeta le nom de Conrad. "Que faut-il lire de lui ? demanda quelqu'un. — Tout", dit Claudel », qui a la passion de l'Orient et vient d'achever *Partage de midi.* Gide, pourtant peu enclin à s'émouvoir, sera conquis et traduira *Typhon* en français. « Ce que j'aimais le plus en lui, écrit-il, c'est une sorte de native noblesse, âpre [...] et quelque peu désespérée, celle même qu'il prête à lord Jim. »

Chez Conrad, on reconnaît en effet le héros à la noblesse désespérée de ses refus et à la beauté vaine de son sacrifice. Je n'oublie pas qu'il est l'auteur de *Nostromo,* le roman le plus dingue du XXe siècle, le plus ample, « le plus anxieusement médité », le plus hermétique aussi, qu'il ait écrit. Le cinéaste Joseph Losey, qui essaya en vain de l'adapter au cinéma, prétendait qu'on ne pouvait le lire que si on l'avait déjà lu !

Né en 1857, Conrad semble entrevoir les désastres d'une histoire qu'il ne connaîtra pas : dictatures, guerres, génocides. Kipling et Stevenson sont d'un autre temps. Conrad, lui, est déjà du nôtre, compromis dans le désenchantement du monde. Il dénonce au Congo la cupidité et les crimes des colons à une époque où la plupart des Européens sont encore aveugles. S'il navigue à la croisée des derniers grands voiliers et des premiers vapeurs, il ne croit au progrès que dans une forme consubstantielle au cauchemar.

Car le thème dominant, sorcier, obsessionnel, chez Conrad, c'est la *peur* : « Un homme peut tout étouffer en lui, l'amour et la haine et la foi, et même le doute, lit-on dans *Un avant-poste du progrès*, mais aussi longtemps qu'il s'agrippe à la vie, il n'étouffera pas la peur. » Conrad sait de quoi il parle, il s'épuise à nommer ce tumulte qu'il détecte au plus profond de ses organes : « Vous savez, écrit-il à son éditeur et confident Edward Garnett en 1898, comme il est désagréable de sentir son foie ou ses poumons. Eh bien, je sens mon cerveau [...]. Mon histoire s'y trouve sous une forme fluide – qui m'échappe [...]. Tout est là – sur le point d'éclater, mais je ne peux pas plus la saisir qu'on ne peut retenir une poignée d'eau. »

De sa voix douce, Virginia Woolf, qui n'était pas si gentille, étant si malade et si triste, a accusé Conrad d'écrire l'anglais comme une vache espagnole et de sombrer dans le mélodrame. Je ne lui ai jamais pardonné, à cette pimbêche neurasthénique qui n'avait jamais vu la mer que du haut d'un phare ! Pourquoi relire Conrad ? Pour le plaisir, madame ! Mais aussi pour répondre à la question : qu'est-ce qu'un écrivain *métaphysique* ? Avant lui, il y a Dante, puis Emily Brontë et Melville. Après lui, il y aura Hermann Broch et Musil.

Et puis c'est tout.

Une sphinge en hiver.
La lettre que Camille n'a pas écrite à son frère Paul

Love – is that later Thing than Death[1].

Emily Dickinson

Mon petit Paul,

Ici, ce n'est que royaumes, c'est tout blanc et muet, sauf la nuit quand ça hurle – car ça hurle encore, tu sais ! Je suis morte longtemps avant toi, mais oui, c'est toi qui as signé mon arrêt de mort avec maman... Chut ! tais-toi, mais tais-toi donc, c'est le passé. J'ai cessé de me plaindre. Je t'écris parce que je te comprends, parce que je t'en veux un peu et parce que je t'aime. Ne sois pas étonné, c'est moi Camille, ta grande sœur, je t'écris sous la tutelle du vieil ange... Mais non, ne crains rien, puisque je suis morte.

1. « L'amour – cette chose plus tardive que la mort. »

Tu es si vivant, toi ! Papa avait une peur bleue que tu sois un écrivain vulgaire, tu te souviens, il ne l'aurait pas supporté. Il faut l'être un peu, tu sais, moi je n'ai pas su. Rodin était très vulgaire.

Je romps – je romps même le silence. J'ose, j'ai toujours osé, je suis comme toi, je ne crains pas le ridicule. Où es-tu ? Tu te caches ? Pourquoi n'as-tu pas répondu à ma dernière lettre ?... Je m'adresse à toi, Paul, car je n'ai que toi, mon petit frère, il n'y a plus que toi. Toi, l'ambassadeur des litiges. Toi, le pourceau flamboyant – mais non, je ne te juge pas, moi aussi j'ai aimé être mordue, j'ai été avide de caresses. J'ai été sa putain, tu sais.

Tu te souviens quand tu me disais : ça n'existe pas, le bonheur, il y a cela qui est *à la place* du bonheur. Tu avais raison. Je te regarde, petit frère. Et je t'admire. Tu n'as pas perdu ta foi, ta belle foi catholique et romaine. Comment fais-tu ? Moi, tu sais, je ne vais plus à la messe, ne le répète pas à maman.

Tu as aimé la Chine, dis ? Il me semble que tu es devenu un peu confucéen par-dessus ton baptême, non ? J'ai une photo de toi : à dos d'âne, à Tien-Tsin, 1907. Et une autre où tu chevauches le toit d'une pagode, à Fou-Tchéou, je crois. Tu n'as pas l'air si joyeux. Toi aussi, tu t'es un peu brûlé, n'est-ce pas ? J'aimerais que tu me parles de la Chine, de tes voyages, et de cette femme que tu as connue là-bas, mais je sais que tu ne le feras pas. Tu lui as fait un enfant, n'est-ce pas ?... Moi aussi, je... Moi non plus, je ne dirai rien, il n'y a plus rien à dire. Déjà, les mots me quittent. Zut ! j'ai encore oublié de nourrir les chats.

Ma hanche me laisse en paix, je ne boite plus tu vois, j'ai toujours mal mais je ne sais pas où. Je suis tout à fait froide, Paul, est-ce ma peau qui se souvient ? Ma mémoire, mes veines, mon cœur sont pleins de nous. Ô toi, l'évangéliste. Toi, le conquistador en songe – un jour, tu avais huit ans, tu m'avais dit sans rire : « Plus tard, je serai Christophe Colomb ou Magellan. » J'ai ri. Tu t'es mis à pleurer. Toi l'académicien gagné par les honneurs et « l'enverdoiement ». Papa aurait été si fier de toi. Dès ton *Tête d'or*, il avait compris que le génie des Claudel, c'était toi qui l'avais. Toi, tout entier ce que tu es dans ce que tu montres : tes élans, tes affres, tes turpitudes. Ça non plus, je n'ai pas su.

As-tu des regrets ? Moi, je n'en ai aucun, je ne sens plus rien. Comme je t'envie, Paul ! Vivre ! On appelle ça vivre ! Toutes ces saletés, tu t'en accommodes, toi ! Tu en jouis sans vergogne, tu t'en confesses quand il faut, je vous salue Marie pleine de grâce, et hop ! *dominus vobiscum... te absolvo*, etc. ! Ô toi, mon petit frère, gorgé de l'orgueil des Claudel, fier de tes entrailles et de ton instinct. Toi, rivé, brutal, fulminant ! Ô mon petit frère chéri, pourquoi m'as-tu abandonnée ?

Tu ne cesses de le répéter : « Toute ma vie a été déchirée en deux. » En deux seulement, veinard ! Tu me disais : « Je suis un être faible, mou, sans défenses contre les autres et contre moi-même, c'est pour cela que je parais si dur. » Menteur, va ! Sale menteur !… Et pourtant, tu es l'homme le plus sincère que je connaisse. C'est ta force, on ne sait pas quand tu t'ouvres si tu mens ou si tu dis la vérité.

Il y a en toi de l'âpreté, de la terre provinciale et du sang, quelque chose de ton sinistre Turelure qui ne manque pas d'émouvoir à force. Toi, si plein de colère, si plein d'idées et le cœur dur comme une pierre à fusil ! Au moins tu ne te protèges pas, tu ne t'épargnes guère, ô Seigneur ! non, toi tu n'as pas peur, et le vent du boulet t'excite comme un alcool ! Tu n'es pas comme Rodin… oh, si tu savais comme il m'a aimée et comme il a été lâche !

Si je devais écrire ta vie, je serais pour toi un guide merveilleux : devant toi, je serais enfin libre, et bonne, je te le jure, mais pas aveugle ! Je t'escorterais dans tes voyages, je te consolerais de tes échecs, je saluerais tes prouesses ; je répondrais de tes fautes sans les excuser. La bête se défend : tu es un monstre, tu fais ton métier de monstre. À la fin, je serais vaincue, je déposerais les armes à tes pieds.

S'il est un écrivain que son renom aura desservi, c'est bien toi. Aujourd'hui encore, on t'insulte comme si tu étais vivant. C'est de ta faute aussi ! Je te regarde, Paul. En bicorne ou tête nue, le visage grave, fendu de ton bon sourire officiel, tu t'offres au couteau de la postérité, tu fais don de ta personne à la France ! Même sous un chapeau de paille ou un béret, tu as l'air coiffé, assis, content.

Tu as toujours été un bourgeois, Paul, assuré de sa place et de son rang, un notable – Ingres aurait pu faire ton portrait. Plutôt monsieur Bertin que le poète ardent et le prophète que tu es et que j'adore. Je ne te reconnais pas quand tu te soumets à l'objectif du photographe. On dirait un notaire de province ! Tu ressembles trop à papa, qui était si sévère – le seul homme qui m'ait aimée. Je médis. Je suis bête. Pardon d'être si méchante, tu sais bien que je suis folle.

C'est drôle non ? tu as toujours adoré ça : te déguiser. J'ai deux autres photos de toi sous les yeux. L'une est datée de 1899 en Palestine : tu as revêtu une robe de moine ou de samouraï. Sur l'autre, tu es en compagnie de cette actrice, Marie Bell je crois, pas si insensible que ça, hein ! vieux bouc !, à ses ongles laqués de noir et à son décolleté, entre deux répétitions de ta pièce, *Le Soulier de satin*, à la Comédie-Française. Octobre 1943... Si je n'étais pas morte cette année-là, j'aurais pu assister à ta première à Paris. Ah ! Paris... C'était beau, dis ?

Oh ! et puis il y a aussi celle-là, ma préférée : M. Paul Claudel en famille ! Château de Brangues, près de Morestel, été 1950. Tu es beau, tu es sacré, tu règnes en patriarche entouré de sa descendance.

Ah ! oui, je voulais aussi te dire : que tu aies été le chantre du Maréchal ou que tu aies soutenu le général Franco pendant la guerre d'Espagne, je m'en fiche, cela m'est complètement égal. Tu connais mes idées – ce sont les mêmes que maman ! Ce qui m'amuse, c'est quand tu te lâches : ton dégoût profond de la démocratie et du Parlement, ta sainte trouille de la Révolution, ton sens paysan de l'ordre, ton mépris des Juifs et des parpaillots, même si je les partage ! Au fond, les Claudel, on n'est d'aucun bord, on déborde !

Sous ton meilleur jour, tu es du côté de ceux qui ont un cœur et de grosses mains. Moi aussi, mais les miennes sont plus petites. Tu réclames ta part – celle du lion. Et tu danses ! Quitte à t'écarter du droit chemin, quitte à céder, à ton corps défendant, à, comment dis-tu déjà ?, *l'ineffable iniquité* !

Est-ce qu'on sait quand on s'enfonce et quand on s'élève ?...

Je me tais. Ce qui est beau, c'est la fin. Tu verras comme c'est simple de mourir – enfin, peut-être moins pour toi que pour moi qui ne suis rien. Je me suis éteinte, pouf ! comme une bougie. On m'a dit que toi, tu avais conservé un appétit d'ogre jusqu'à ton dernier jour et que, le 22 février 1955, jour du Mardi gras, tu as décidé d'arrêter ton régime et de t'offrir une andouillette à déjeuner ! Tu as toujours été une bête à sang chaud. Un « catholique à globules rouges », hein ! Après une sieste, tu t'es étouffé dans ton fauteuil, je l'ai lu dans le journal.

L'étouffement, je me souviens, c'était le mal blanc de ton adolescence... Le lendemain à l'aube, tu as reçu l'extrême-onction, puis tu es mort d'une crise cardiaque en murmurant : « Foutez-moi la paix ! Je n'ai pas peur. »

Tu as dit ça, vraiment ?

Le plus souvent, tu avais l'air d'un animal tranquille. À la fin de *Connaissance de l'Est*, pourtant, qui est le livre de toi que je préfère, tu écrivais ceci : « Quand je serai enterré entre mon père et ma mère, on ne me fera plus souffrir. On ne se rira plus de ce cœur trop aimant. » Après avoir reposé six mois dans la crypte de Notre-Dame, ta dépouille mortelle a été inhumée dans le parc de Brangues, au bord du Rhône, à l'ombre des grands arbres. C'était en septembre. Ce jour-là, il faisait très beau. C'est ce qu'on m'a dit. C'est vrai ?

Ça m'aurait plu de dormir à côté de toi dans la terre.

Un baiser, Paul.

Ta sœur Camille.

Le dernier samouraï.
Un entretien imaginaire avec Philip Roth

Né le 19 mars 1933, à Newark dans le New Jersey, petit-fils d'immigrés juifs originaires de Galicie, une province de l'ancien empire austro-hongrois, Philip Roth a grandi à Weequahic[1] – prononcer *Week-wake* –, le quartier juif de la ville. Cette année-là, Malraux publie *La Condition humaine*, Adolf Hitler devient le chancelier du Reich, Albert Einstein et Bertolt Brecht quittent l'Allemagne, Roosevelt est élu président des États-Unis.

Après des études à Rutgers, puis à Bucknell en Pennsylvanie et à l'Université de Chicago (où il enseignera la littérature), Philip Roth dirige des séminaires d'écriture à l'Université d'Iowa jusqu'au début des années 1960, avant de s'établir à New York pour se consacrer à

1. *Weequahic* signifie « chef de l'anse » dans la langue des Indiens Lenapes – appelés « Loups » par les anciens colons français et « Delawares » par les Britanniques.

son œuvre. Plusieurs années plus tard (et jusqu'en 1992), il enseigne la littérature comparée à Princeton et à l'Université de Pennsylvanie.

Dès son premier ouvrage, *Goodbye, Colombus* (1959), et surtout avec *Portnoy et son complexe* (1969), suivis d'*Opération Shylock* (1993), *Pastorale américaine* (1997) et *La Tache* (2000), entre autres, Philip Roth s'est imposé, au-delà des controverses qu'il a suscitées, comme l'un des écrivains majeurs de son époque.

Mais qu'est-ce qu'un « grand écrivain » aujourd'hui ?

Roth en fait lui-même l'objet d'un questionnement mélancolique. À sa façon – obsessionnelle, violente, satirique –, Roth a tenté d'y répondre à travers des récits, des romans, des formes – neuves parfois, belles souvent.

Admirateur dans sa jeunesse de Flaubert, Henry James et Kafka et, plus près de lui, de Saul Bellow et Bernard Malamud – ou encore des humoristes des cabarets new-yorkais, Lenny Bruce et Henny Youngman –, Roth n'a cessé de s'exposer dans une œuvre férocement autobiographique qui s'élève du singulier jusqu'à l'universel et qui s'offre comme un miroir comique de nos désirs.

C'est pourquoi il serait absurde de réduire son œuvre à un versant de sa vie intime ou à une simple illustration de la « question juive » sous un accoutrement tragique et burlesque. Chez Roth, l'humour est le bouclier du désespoir – le legs le plus précieux de la diaspora ? S'il n'a cessé de se mettre en scène sous divers masques, le romancier transfigure en les parant d'un vernis salutaire les épreuves et les aléas de l'existence, les blessures. Surtout masculines ? On le lui a reproché.

Souvent jugé scabreux ou provocateur dans son pays, accusé de sexisme par certaines féministes américaines, il a été en France pour plusieurs générations de l'après-guerre : « notre oncle d'Amérique » ! Moins un paria adulé qu'un héros sombre, hargneux, fraternel – et génial. Un artiste de l'introspection quand elle est sans remède. Un samouraï de l'écriture, piteux et triomphal, délicat jusque dans la parodie.

Philip Roth est mort le 22 mai 2018 à New York.

Moi : *Bonjour, Philip Roth.*

Lui : Fichez-moi le camp ! Vous savez bien que je hais les journalistes.

Vous avez l'air en pleine forme !

Est-ce que ça vous regarde ?

On dirait que vous allez beaucoup mieux, non ?

Ah ! mourir est un remède infaillible contre l'imbécillité, la mauvaise humeur et la panne sexuelle, vous ne le saviez pas ? Vous devriez essayer…

N'êtes-vous pas un peu déprimé ?

Non, car j'évite de parler avec mes amis quand ils sont ashkénazes.

Toutes mes misères – mes crises cardiaques, mon cancer, ma honte devant ce corps avili qui se faisait passer pour moi – ont disparu. Le corps, sujet sérieux, hein ! On sait que l'animal finira par trahir, mais quand ?

Aujourd'hui, je m'en fous. Le chien enragé qui me visitait de ses crocs chaque nuit est dans sa niche.

Vous n'allez pas me croire, j'ai arrêté le Lexomil – enfin presque, juste un ou deux pour le goût.

Mais non !

Mais si. Je mène une vie beaucoup plus saine ici. Moins de transes, de dérobades, de facéties, bon débarras !

Gym aquatique, vélo, prière – non, je plaisante.

Vous ne vous sentez pas trop seul ?

Ici, je n'ai que des amis : ce soir, je dîne avec Kafka, c'est l'homme le plus joyeux du monde. On partage la même vision comique de l'Amérique. Son humour me tue. Savez-vous que c'est un excellent nageur ?

Où est-on exactement ? Au purgatoire ?

Ce que je peux vous dire, c'est qu'on est débordés cette saison – à cause du Covid chez vous ! Pour le moment, je partage une chambre avec Gustave Flaubert, une crème d'homme, pas du tout le vieux grincheux qu'on m'avait dit ; il a dans son armoire à pharmacie un calva du tonnerre de *Dieu*.

Quoi, vous l'avez rencontré ?

Qui ça, Dieu ? Euh, non ! pas encore. On est fâchés, vous savez. J'ai écrit des horreurs à son sujet. Ici, je n'en reviens pas, il se fait appeler Zeus, il passe son temps à se déguiser en taureau ou en cygne. Pas facile de lui parler, d'autant que son anglais est assez approximatif et que, d'après Kafka, son yiddish est tout à fait insuffisant.

Et avec Flaubert, de quoi parlez-vous ?

De tout et de rien. Surtout de rien. Le vide, le néant, l'oubli, ça le passionne. Moi aussi. Hier encore, il me disait : « J'ai entrevu un état de l'âme supérieur à la vie, pour qui la gloire ne serait rien, et le bonheur même inutile. » Je ne suis pas aussi détaché que lui, je m'accroche encore à des chimères. Pourquoi n'ai-je pas obtenu le Nobel, bon sang ? J'en rêve encore, c'est idiot.

Quoi d'autre ?

Vous n'allez pas me croire, le vieil Homère est gay et il n'est pas du tout aveugle ! Je vous jure, je l'ai croisé à la plage l'autre jour, il jouait à la pétanque avec Onassis et Platon, en bermuda, un verre d'ouzo à la main ! Ah, ces Grecs ! Ils ont toujours su vivre. Ici, c'est un éternel été, ça change tout.

Tenez, Salinger par exemple. Ce vieux chameau est devenu d'un cool, je n'en reviens pas, sa paranoïa ancestrale l'a quitté. Ça reste un intello juif névrosé comme vous et moi, mais très zen, chemise tahitienne, tongs, Ray-Bans – je l'ai à peine reconnu.

Vous êtes un écrivain juif, c'est-à-dire ?

Comment avez-vous deviné ?

Je suis un New-Yorkais, je suis juif et je suis un écrivain, mais je ne suis pas un « écrivain juif », ni même un « écrivain new-yorkais ».

Entre le chagrin et le néant, vous préférez quoi ?

Je viens de vous répondre.

N'êtes-vous pas finalement heureux ?

Le bonheur ? Ah non ! ça me dégoûte.

Qu'avez-vous appris ici ?

Normalement, je ne dois rien révéler... Vous voulez vraiment le savoir ? Eh bien voilà : *il n'y a que l'amour* – prévenez Sollers quand vous le verrez à Paris ! Oui, il n'y a que l'amour, puis le travail, et puis rien.

Je ne suis pas surpris : écrire – jusqu'à n'être que soi, puis jusqu'à l'extinction de soi – et en rire. Puis en mourir.

Rien d'autre.

Vous n'avez pas souhaité être inhumé selon le rite hébraïque. Pourquoi ?

Parce que je ne suis pas un Juif religieux, pardi !

Je suis relié autrement.

J'ai été aimé par ma mère, je m'en veux de l'avoir fait tant souffrir. J'ai eu un père, je l'ai aimé sans jamais le comprendre. Je suis un fils. Tous les Juifs sont des fils. C'est ça, mon apanage, mon *patrimoine*, si vous voulez.

Pourquoi refusez-vous catégoriquement de croire, encore aujourd'hui ?

Aucune prière ne franchit la barrière de mes dents. Trop de bruit sur mes lèvres, trop de dents ! J'ai choisi pour la frime d'être enterré dans le cimetière de Bard College, vous connaissez Annandale-on-Hudson ? C'est un endroit agréable, très apaisant. Des écureuils, des oies sauvages, des ormes centenaires. J'ai une coloc sympa, complètement perchée, Hannah Arendt, qui m'explique qu'Heidegger était un vieux cochon, assez nazi, d'accord, mais qu'il avait une baguette magique. Je l'adore !

Vous êtes un orfèvre de l'autofiction. Dans plusieurs de vos romans, le personnage de Nathan Zuckerman, votre double...

Oubliez ça ! Zuckerman, ce n'est pas moi. Ni Portnoy, ni David Kepesh non plus ! Si j'avais voulu raconter ma vie, je m'y serais pris autrement.

Tous mes personnages sont des cocottes en papier : je les plie, je les froisse, je les déchire, ils n'ont rien à redire. Je mens comme un arracheur de dents, eux aussi. N'ayez aucune confiance en nous ! J'ai tout imaginé de leur disgrâce.

Vraiment ?

À part certains souvenirs, certaines odeurs, qui ne sont qu'à moi – je ne vous dirai pas lesquelles, ça serait trop facile. Vous me faites rire, vous, les journalistes ! Vous êtes comme des renards dans le poulailler, une fois que vous vous êtes servis, vous repartez, les plumes à la gueule.

Vous voulez que je vous dise pourquoi je déteste les interviews ?

Non.

J'insiste.

Parce que vous avez une sensibilité d'oursin ?

Parce que je suis violent et pudique.

C'est ma façon d'aimer.

Je n'ai rien à ajouter à mes romans. Qu'est-ce qu'un roman ? Une préface. L'aveu d'un échec. Un croc de boucher où je suspends mes personnages comme de la viande. Leur âme se répand sur le sol en flaques d'encre noire que je lèche comme un chien. Écrivez ça dans votre journal !

Je ne vous fais pas peur au moins ?

À sa parution en 1969, Portnoy *a fait scandale, le livre a même été interdit en Australie !*

Écrire, c'est toujours un peu malsain, et obscène, mais ça l'est moins que de regarder Fox News ! Je suis un objet de scandale. Aimer est un scandale. L'Amérique est un scandale.

Pourquoi j'écris ? Parce que je n'ai jamais appris à vivre. On n'est pas là pour sauver le monde – l'écrivain n'est pas un messie –, on est seulement là pour le réparer, comme on recolle les morceaux d'un vase brisé. On essaye. On met de la neige sur de la boue. La neige fond, à la fin c'est la boue qui gagne.

On échoue, on recommence, on échoue mieux.

C'est sans fin.

Dans Portnoy, *vous exprimez un penchant immodéré pour certains motifs intimes : la fellation, la masturbation, l'attrait coupable des* shikse *blondes...*

... ha ! ha ! de l'hébreu *sheketz* : « abomination », « souillure » !

Je vous confesse, ça va vous plaire, que les chapitres intitulés en français « La branlette » ou « Fou de la chatte » sont furieusement autobiographiques.

Vous vous contredisez, là.

Pas du tout ! Plus on parle de soi, plus il faut raconter d'histoires. C'est tout un art – un métier. J'ai écrit mes livres avec mes repentirs, mes peurs, mes illusions, mes duperies, mes défaillances, mes lubies, mes deuils, mes goûts, ma haine et ma nostalgie du Talmud – et encore je ne dis pas tout !

Avec quoi d'autre voulez-vous écrire des romans ?

En tant qu'écrivain américain, vous êtes...

Arrêtez ! Dans mes livres, je parle de l'Amérique, je ne parle même que de ça, mais je ne suis pas sûr d'être un « écrivain américain ». Je ne suis ni un orphelin fugueur, ni un clochard céleste, ni un boxeur noir, ni un bûcheron transcendantaliste, ni un pêcheur de baleines, ni un tueur de daims, ni un chasseur de lions, ni un amateur de corridas, ni un homme invisible, ni un pasteur sudiste, ni une vierge mystique, ni une lesbienne en colère, ni un détective cherokee, ni une chanteuse du Far-West.

C'est dur d'être un écrivain en Amérique ?

On doit se défendre contre les coyotes, les serpents à sonnettes, les Indiens – notez, dans le Connecticut, ils sont plus rares –, mais il faut aussi lutter contre les féministes, les associations de dames prudes et les critiques du *New Yorker*. On a la NRA, les cyclones, le Ku Klux Klan… la routine quoi !

On a de surcroît un taux anormalement élevé de rabbins ultra-conservateurs, d'astrologues végétariens et de prédicateurs antisémites, sans oublier ces messieurs distingués de Yale ou Princeton qui lisent Freud en *Hochdeutsch* et qui rêvent d'inceste en yiddish.

Les Américains n'arrêtent pas de pleurer sur le thème de l'innocence perdue. Pourquoi ?

Pas moi ! La solitude, les rodéos, l'amitié virile, pitié ! *Règlement de comptes à O.K. Corral* n'est pas mon film préféré. Je déteste Robert Redford et Buffalo Bill.

Et Huckleberry Finn alors ?

C'est le roman d'un puceau. Moi, je veux des femmes !

Justement, contrairement à vous, pourquoi les Américains sont-ils si peu curieux des femmes ?

Ils se sentent coupables ! La genèse, la chute, le péché originel, ça vous dit quelque chose ? Ça fait parfois de bons livres. Les Américains sont tous obsédés par le salut – le leur, mais aussi le vôtre ! Ils ont trois phobies : les incendies, l'alcool et le sexe. Évidemment, vous les Français, ça vous fait rire !

Je vous sers un second bourbon ?

On a remplacé la galanterie par le harcèlement, et le marivaudage par la terreur, merde à la fin !... Oui, merci, avec de la glace. Je ne devrais pas, à cause des calmants. Vous savez, le mélange...

Aujourd'hui, vous êtes un écrivain célèbre.

Quoi, je suis devenu l'écrivain préféré de Donald Trump ? Ha ! je n'ai aucune illusion, les plus fêtés ne sont pas les plus grands, les plus grands sont les moins lus : Virgile, Dante, Cervantès.

Vous ?

Foutaises ! J'ai écrit en pure perte, je me suis dupé moi-même. Il fut un temps où la littérature servait à penser. Ce temps est révolu. Pendant les années de la guerre froide en Union soviétique et en Europe de l'Est, les écrivains étaient proscrits ; aujourd'hui en Amérique, c'est notre tour. On donnera peut-être mon nom à une piscine de quartier à Newark, jamais à une gare ou à une station de métro !

On vous a accusé de sexisme, de machisme. Êtes-vous misogyne ?

C'est Dieu qui l'est !

Aucune femme n'a jamais été harcelée ou violée dans un de mes romans parce qu'aucune femme n'existe, aucun homme non plus d'ailleurs. Ce sont des fictions. Harvey Weinstein est un salopard, moi je suis un romancier. Je suis le diable, *boo* ! Dans ce pays, le diable a de nombreux synonymes qui permettent de le nommer sans frémir. Encore que...

Satan fait recette chez les vertueux...

En Amérique, si on confesse publiquement sa faute, on vous pend, on vous électrocute, on vous injecte du poison dans les veines, on vous assoit sur une *chaise*, mais on vous pardonne. Si vous avez menti, vous êtes perdu.

Ai-je menti ?...

Vous avez remarqué ce feu pâle qu'il y a dans le ciel et qui déchire le jour ? Le plus difficile avec la vérité, ce n'est pas de la dire, c'est de la vouloir. Excusez-moi, il faut que je vous quitte. J'ai rendez-vous avec monsieur K. aux champs Élysées. À propos, quand vous verrez Sollers à Paris, dites-lui que le paradis, ce n'est pas du tout ce qu'il croit.

C'est mieux.

Avez-vous un regret ?

Un seul : New York, la langouste à la setchouanaise de Fu's sur la 8e avenue.

Table

UNE VIE DE CHIEN

PRIMAUTÉ DU VOYAGE

RETOUCHES

DU MÊME AUTEUR

Éros. L'encre du désir (avec Jean-Jacques Vincensini), Paris, Albin Michel, 2021.

Mémoire espionne du cœur. Conversations rêvées (dessins de Jean-Pierre Cagnat), Paris, Éditions Baker Street, 2017.

Picasso amoureux, Vanves, Éditions Rabelais, 2016.

Rodin amoureux, Vanves, Éditions Rabelais, 2016.

« Tu seras un raté, mon fils ! » Churchill et son père, Paris, Albin Michel, 2015.

La Hache et le violon. Sur le métier de critique, Paris, Éditions François Bourin, 2014.

Marcel Proust, *Précaution inutile* (édition présentée par Frédéric Ferney), Montreuil, Le Castor Astral, 2008.

Renoir, roman, Paris, Éditions du huitième jour, 2008.

Oscar Wilde ou les cendres de la gloire, Paris, Mengès, 2007.

Le Dernier Amour de Monsieur M., Paris, Robert Laffont, 2005.

New York toujours (photographies de Richard Berenholtz), Paris, Éditions Place des Victoires, 2001.

Aragon. La seule façon d'exister, Paris, Grasset, 1997.

Blaise Cendrars, Paris, Éditions François Bourin, 1993.

Éloge de la France immobile, Paris, Éditions François Bourin, 1992.

La Comédie littéraire, Paris, Grasset, 1987.

L'Angleterre en poésie, Paris, Gallimard, 1982.

Impression CPI Bussière en octobre 2022
Éditions Albin Michel
22, rue Huyghens, 75014 Paris
www.albin-michel.fr
ISBN : 978-2-226-47921-1
N° d'édition : 25218/01 – N° d'impression : 2067705
Dépôt légal : novembre 2022
Imprimé en France